KB095996

그 생각이 없다면

당신은 누구일까요?

②

생각에서 해방되어 자유로워지는 바이런 케이티와의 대화

그 생각이 없다면
당신은 누구일까요? ②

Who Would You Be Without Your Story?

바이런 케이티 지음 | 캐롤 윌리엄스 편집 | 임수정 옮김

침묵의 향기

머리말

●

캐롤 윌리엄스

지난 20년 동안 바이런 케이티는 이 시대에 가장 명쾌하고 영감을 주는 영적 스승 중 한 명으로 세상에 널리 알려졌다. 그녀는 행복으로 가는 길을 전한다. 그리고 그녀를 만나는 사람들은 앞에 누가 있든 무엇이 있든 그녀가 늘 발산하는 기쁨에 곧바로 감응한다. 그러나 그녀가 말하듯이, 그녀의 스승은 고통이었다.

　캘리포니아 사막의 소도시에서 건강한 자녀들을 두고 직업도 성공적이어서 만족스러운 삶을 살 수 있었던 바이런 캐슬린 레이드(모두들 그녀를 케이티라 부른다)는 우울증에 빠져 들었고, 이 우울증은 10년 넘게 계속되었다. 그녀는 점점 깊어지는 분노와 절망감으로 침실에 틀어박혀 지내기까지 했다. 마침내 그녀는 섭식장애 여성들을 위한 요양원에 가기로 마음먹었는데, 자신의 건강보험으로 갈 수 있는 곳이 그곳뿐이었기 때문이다. 어느 날 요양원 다락방에서 깨어난 그녀는 모든 고통이 사라져 버렸다는 것을 알아차렸다. 그 자리에는 이제껏 한 번도 경험해 보지 못한 기쁨이 들어차 있었다.

내 생각을 믿으면 고통을 받고, 그 생각을 믿지 않으면 고통 받지 않는다는 것을 나는 깨달았습니다. 이것은 모든 사람에게 진실이었습니다. 자유는 그처럼 단순한 것이었습니다. 고통은 선택하는 것이라는 사실도 알게 되었습니다. 나는 내 안에서 기쁨을 발견했고, 그 기쁨은 한순간도 사라진 적이 없습니다. 그 기쁨은 늘 모든 사람 안에 있습니다.

영적으로 깨어날 때 경험한 그녀의 독특한 점은, 깨어나는 순간 지극한 가벼움을 유지하는 방법을 발견했다는 것이다. 그녀가 후에 '생각 작업'(The Work)이라고 부르게 된 네 가지 질문과 뒤바꾸기는 이미 그 순간에 존재했다.

케이티는 자신이 경험하는 기쁨과 맑음을 다른 사람들도 누구나 경험할 수 있다는 것을 알았다. 그리고 자신을 찾아오는 많은 사람에게 자기탐구의 방법을 나누기 시작했다. 케이티의 주된 깨달음은 화, 외로움, 두려움 등 모든 고통스러운 감정을 겪는 원인은 진실하지 않은 생각을 믿기 때문이라는 것이다. 그 생각이 무엇인지 알아차린 뒤, 케이티가 발견한 질문들을 이용해 그 생각을 조사하는 것에는 놀라운 힘이 있다. 이 힘은 직접 '생각 작업'을 해 보기 전에는 알 수가 없다.

혼자서 하든 다른 사람들과 함께 하든 '생각 작업'을 할 때는 먼저 스트레스를 일으키는 생각들을 찾는다. 그렇게 찾은 생각 중 하나가 만약 "남편은 나를 사랑하지 않아"라는 생각이라면, 우선 그 생각을 '이웃을 판단하는 양식'(부록 참고)에 쓴다. 그리고 아래의 네 가지 질문을 이용해서 그 생각을 조사한다.

그게 진실인가요?
당신은 그게 진실인지 확실히 알 수 있나요?
그 생각을 믿을 때 당신은 어떻게 반응하나요?
그 생각이 없다면 당신은 누구일까요?

다음에는 그 생각을 정반대의 문장들로 뒤바꾸어 본다. 예를 들어 원래의 문장을 "나는 나를 사랑하지 않아", "나는 남편을 사랑하지 않아", "남편은 나를 사랑해"와 같은 문장들로 바꿀 수 있다. 그 뒤에는 각각의 뒤바꾸기가 원래의 생각만큼 진실하거나 더 진실할 수 있는 세 가지 예를 찾아본다.

이 책에 있는 대화들은 고통 받는 사람들이 이 질문들에 천천히 정확하게 답을 해 나갈 때 어떤 일들이 일어나는지를 보여 준다. 이 대화들은 미국과 유럽에서 열린 '생각 작업'을 위한 공개강좌와 공부 모임에서 케이티와 15명의 참가자들이 나눈 대화를 편집한 것이다. 고통스러운 질병을 앓고 있는 사람도 있었고, 사랑 때문에 괴로워하는 사람, 엉망이 된 이혼 과정을 겪고 있는 사람도 있었고, 직장 동료에게 화가 난 사람, 인상되는 월세 때문에 걱정하는 사람도 있었다. 그들 모두는 케이티의 도움을 받아서 고통스러운 생각에 기꺼이 질문하려 했고, 고통을 일으키는 진짜 원인은 그 생각임을 알게 되었다.

책의 대화들을 가족, 질병 등 표면적인 주제에 따라 묶지는 않았다. 왜냐하면 여기에서 진정한 주제는 '생각 작업'을 하는 과정과, '생각 작업'이 택할 수 있는 다양한 길이기 때문이다. 참가자 중에는 '생각 작업'을 처음 접하는 사람들도 있었고, 한동안 '생각 작업'을 했으나 어떤 벽에 부닥쳤다고 느끼는 사람들도 있었다. 어떤 경우든 우리는 케이티의 예리한 마음과 열정적인 친절함이 어떻게 참가자들이 확고부동한 현실이라고 느끼던 것을 스스로 해체하도록 돕는지 보게 된다.

이 대화들은 재미있는 읽을거리이지만―어떤 대화들은 유쾌하면서도 깊은 감동을 준다―이것들을 소개하는 주된 목적은 '생각 작업'의 방법들을 전하기 위한 것이다. 모든 대화는 청중이 있는 자리에서 이루어졌다. 케이티는 청중과의 교감을 놓치지 않았고, 강당에 있는 청중들에게 마음속으로 함께 대화를 따르면서 참가자가 해야 하는 질문을 청중도 스스로 해 보도록 반복해서 제안한다.

이런 식으로 읽는 것이 이 책을 가장 유용하게 읽는 방법이다.

케이티와 이 참가자들 간의 대화는 독자들이 각자 자신의 생각에 관해 나눌 수 있는 대화들이기도 하다. '생각 작업'의 결과는, 언뜻 보기에는 무척 두렵게 느껴지는 상황에서도, 상상하지 못한 자유와 기쁨으로 이어질 수 있다.

이 책을 읽기 전에 알아 두면 좋을 두 가지

케이티와 대화를 한 참가자들은 워크숍이 시작되기 전에 양식을 미리 작성했다. (책의 맨 뒤 부록에는 양식이 있다. 양식을 보고 직접 써 보기를 권한다.) 양식은 "당신을 화나게 하거나 실망시키거나 슬프게 하는 사람은 누구인가요? 왜 그런가요? 당신은 그 사람의 어떤 점이 마음이 들지 않나요?"와 같은 질문을 통해 고통의 원인이 되는 생각을 파악하고 정확히 발견하도록 돕는다. 대화는 주로 참가자가 양식을 읽는 것으로 시작하고 있으며, 대화 중에 케이티와 참가자는 종종 이 양식으로 되돌아간다.

어떤 독자들은 케이티가 참가자들을 (사랑하는 사람을 부를 때 쓰는 말인) '스윗하트'나 '허니'라고 부를 때 의아해할 수 있다. 그녀가 이렇게 부르는 이유는 참가자를 개인적으로 잘 알기 때문도 아니고, 진심 없이 경솔하게 부르기 때문도 아니다. 케이티에게는 지금 이 순간 그녀와 함께 있는 사람이 세상에서 가장 소중한 사람이기 때문이다. 그녀가 참가자들을 얼마나 소중하게 여기는지가 이 책의 대화에서도 묻어나기를 바란다.

옮긴이의 말

'잃어버린 10년'

20대 후반부터 30대 후반, 바이런 케이티와의 만남이 있기 전까지의 10년을 나는 이렇게 불렀다. 겉으로는 남부러울 것 하나 없는 멋진 삶을 살고 있는 것처럼 보였지만, 안으로는 오랫동안 곪아 있던 상처들이 걷잡을 수 없이 터지기 시작하면서 고통이 쓰나미처럼 밀려들었던 혼란의 시기. 쓰나미에 떠밀려 오랫동안 표류하며 내 인생이 어디로 가고 있는지 몰라 두려움과 불안에 오랫동안 힘들어하던 내게 케이티의 '생각 작업'은 한 줄기 빛으로 다가왔다.

처음 바이런 케이티의 책 《네 가지 질문》을 어느 학부모에게 선물 받았을 때, 나는 큰 감흥을 느끼지 못했다. '생각 작업'이라고 불리는 네 가지 질문은 좀 어렵게 느껴졌다. 책을 미처 다 읽지도 못하고 덮어 둔 채 잊어버리고 있었는데, 그 학부모에게서 다시 연락이 왔다. 케이티가 오프라 윈프리의 소울 시리즈에 나와서 생각 작업을 하는 동영상에 관한 애기를 듣고는 문득 궁금해졌다. 집에 오자마자 나는 그 동영상을 찾아서 보기 시작했다. 그때 내 안에서 터져 나온 한 마디, "유레카!!!" 나는 투명해 보이기까지 하는 깊은 눈의, 60대쯤 되어 보이는 케이티라는 여자에게서 눈을 뗄 수가 없었다. 그녀의 무언가가 내 가슴속 깊은 곳을 울리고 있었다. 나는 흥분을 느꼈다. 그때부터 뭔가에 홀린 듯 생각 작업 동영상을 찾아서 보고, 또 보았다. 어느덧 케이티의 생각 작업의 세계로 나는 빠져들고 있었다.

그리고 2개월 후 나는 미국 로스앤젤레스에서 열린 생각 작업 스쿨(The School)에 참석해 있었다. (생각 작업 스쿨은 1년에 2번씩 미국과 유럽에서 열리는 9박 10일간의 프로그램으로, 10일간 새벽부터 밤까지 케이티의 안내에 따라 전 세계에서 온 3~400명의 참가자들이 다양한 주제에 관해 함께 '생각 작업'을 하는 심도 깊은 프로그램이다.)

스쿨에서 내가 경험한 것들은 음… 말로 표현이 되지 않는다. 한 마디로 '충격', 그것도 뒤통수를 엄청 커다란 망치로 쾅 맞는 듯한 충격, 그것이었다. 그중 하나가 생각난다. 나는 "우리 엄마는 너무 일찍 죽었다"에 관한 생각 작업을 하고 있었다. 엄마는 내가 9살 때 교통사고로 돌아가셨는데, 이 생각은 내가 오랜 시간 절대불변의 진실로 붙들고 살아온 생각이었다. 뒤바꾸기로 "나는 너무 일찍 죽었다"가 생각 작업 파트너의 입에서 나온 순간, 내 머릿속엔 엄마가 돌아가신 그 순간부터 어린 나는 어떻게 죽었는지… 그동안 내가 나를 어떻게 죽이고 살아왔는지가 영화필름처럼 한순간에 스쳐 지나갔다. 나는 오열했다. 엄청 큰 무언가에 뒤통수를 세게 맞은 듯 멍했다. 정신을 차릴 수 없었다. 그때까지 한 번도 해 본 적 없던 생각, "나는 너무 일찍 죽었다"는 너무나 진실이었다. 나는 그 어린, 가여운, 한편으로는 대견한 나를 처음으로 만나고 다독여 주었다.

스쿨에서 만난 생각 작업은 시작에 불과했다. 스쿨에서 돌아온 뒤 나는 오래된 믿음, 신념들, 나에게 고통을 주는 생각들에 관해 작업을 해 나갔고, 그에 따라 내 삶에 크고 작은 변화들이 빠르게 나타나기 시작했다. 가장 먼저 찾아온 변화는 부모님과의 관계였다. 어느 날 갑자기 내 앞에 새로운 부모님이 나타난 듯했다. 예전엔 잔소리만 일삼고, 온갖 일에 트집을 잡고, 사사건건 간섭을 하려 든다고 여겨지던 부모님이 어느 날부터 나를 사랑하는, 애정이 넘치는, 사랑하는 딸이 행여 어떻게 될까 노심초사하는 부모님으로 보이기 시작했다. 처음엔 부모님이 변했다고 생각했다. 그동안 당신들 뜻대로 해 봐도 별 소용이 없으니 드디어 체념을 하셨구나, 나이가 드시니 이제야 내 숨통을 틔워 주려나 보다, 하고 생각했다. 그런데 아니었다. 가만히 보니 부모님은 그대로였다. 같은 상황에서 예전과 똑같은 말을 하고 같은 행동을 하는… 그런데 그 말과 행동들이 더이상 예전처럼 느껴지지 않았다. 그건 기적이었다.

2년 뒤에 스쿨에서 다시 만난 케이티도 예전의 케이티가 아니었다. 첫 번째 스쿨에서 때론 냉정하고 차갑게 느껴졌던 케이티가 2년 뒤엔 더없이 친절하고 명쾌한 여인으로 바뀌어 있었다. 처음엔 케이티가 더 친절해졌다고 생각했다. 그런데 다시 보니 케이티는 2년 전 스쿨에서와 똑같은 말과 행동을 하는 게 아닌가. 아, 그때 다시 한 번 생각 작업의 힘을 느꼈다. 2년 동안 생각 작업을 통해 내가 바뀌었던 것이었다. 그 뒤 다시 접한 《네 가지 질문》 또한 마찬가지였다. 다시 읽어 보니 이렇게 명쾌할 수가 없었다. 구절들 하나하나가 마음에 와닿았다.

그렇게 내 삶에서 많은 것이 빠르게 변하기 시작했다. 다른 사람들에 대한 간섭이 줄어들기 시작하고 나 자신에게 친절해지기 시작했다. 태어나서 처음으로 "수정아, 괜찮아"라고 내 어깨를 토닥이기 시작했다.

생각 작업의 여정이 항상 즐겁기만 한 건 아니었다. 나의 내면을 들여다보는 과정은 때론 고통스럽고, 두렵고, 힘들고, 밀린 숙제를 하는 것처럼 하기 싫어질 때도 있었다. 그래서 때론 생각 작업에 저항도 해 보고 멀리 떨어져 있기도 하고 다른 길로 들어서 보기도 했지만, 결국 나는 다시 생각 작업으로 돌아와 있었다. 생각 작업으로 나를 들여다볼 때마다 있는 그대로의 나를 오롯이 만나는 경험은 그간의 고통스러운 기억을 상쇄시키고도 남음이 있었기 때문이다. 거기엔 받아들임, 겸손함, 기쁨이 함께했다.

생각 작업을 접하는 많은 분이 공통적으로 경험하는 것이 '내'가 생각 작업을 하니 '주위 사람들'이 바뀐다는 것이다. 처음엔 의아해하던 분들도 생각 작업 상담을 하면서 이 신기한 경험을 한 후에 놀라워한다. 정말 나 혼자, 내 생각을 들여다보니 가족을 비롯해서 다른 사람들이 바뀌네요, 하며 신기해한다. 어머니와 단 둘이 살면서 1년간 말을 안 하고 살던 어떤 분은 생각 작업 상담 4회 만에 어머니와 말을 하기 시작했고, 남편과의 갈등과 산후 우울증으로 무기력이 (본인의 표현에 의하면) 1,000,000(0-10 중에)이라고 표현했던 어떤 분은 8회 상담 때 작업할 거리를 못 찾겠다고 할 정도로 생각 작업은 정말 빠르고 강력하다. 내 경험도 그랬고, 생각 작업을 접하는 많은 분이 들려주는 경험도 그러하고, 전 세계적으로 생각 작업을 접하는 사람들이 공통적으로 느끼는 것이기도 하다.

생각 작업의 힘은 이토록 놀랍다. 나는 생각 작업만큼 빠르게 실생활에 변화를 가져오는 도구를 아직 접하지 못했다. 내가 '생각 작업'과 동시대에 살고 있다는 것이 그저 감사할 따름이다.

이제 생각 작업은 내 인생을 완전히 바꿔놓은 '내 인생의 동반자'이자 '든든한 친구'다. 그 생각 작업과의 만남의 기회를 더 많은 사람이 갖게 되기를, 고통에서 벗어나 평화로운 삶을 추구하는 사람들에게 생각 작업과의 인연이 닿기를 간절히 바래 본다.

이 책이 나올 수 있도록 전폭적인 지지를 해 준 침묵의 향기 김윤 대표님에게 감사의 말씀을 전하고 싶다. 바이런 케이티를 사랑하는 마음, 케이티의 생각 작업이 더 많은 이들과 인연이 닿아서

한 명이라도 더 행복한 삶을 살기를 바라는 마음으로 함께 한 작업
이라, 힘든 작업이기도 했지만 행복한 시간이었다.

| 차례 |

1

어머니는 나를
자기 뜻대로 조종합니다

만약 나의 삶에 전쟁이 있다면,
그 전쟁을 시작한 사람은 나 자신입니다. 어떤 예외도 없습니다.
만약 나의 삶에서 전쟁이 끝난다면, 그 전쟁을 끝내는 사람은
나 자신입니다. 내가 끝내지 않으면 전쟁은
끝나지 않습니다. 어떤 예외도 없습니다.

그녀는 정신적, 육체적으로 건강하지 못합니다.

그녀는 아들이 자녀들을 학대한다며 비난합니다.

그녀는 자신의 고통으로 주변 사람들까지 힘들게 하고,

그들은 그녀를 행복하게 해 주어야 한다는 책임감을 느낍니다.

하지만 우리 모두에게는 완벽한 어머니가 있습니다.

더그 나는 엄마에게 화가 난다. 왜냐하면 엄마는 나와 가족을 자기 뜻대로 조종하기 위해 자신의 심리질환을 이용하기 때문이다. 엄마는 어떤 문제로 나와 부딪칠 때마다 자신의 수많은 질환을 얘기하면서 나는 이해하지 못한다고 하는데, 나는 그런 방식을 참을 수 없다.*

케이티 스윗하트, 나의 응접실로 들어오시겠어요? 여기에서 조금 수술을 해 보죠. 얼마나 대단한 엄마인지요! 우리 모두에게는 완벽

---

* 케이티와의 대화 중에 가끔 등장하는, 이처럼 높임말이 아닌 어투로 하는 말들은 '양식'에 미리 써 놓은 문장들이거나 '뒤바꾸기'들이다. —옮긴이

한 어머니가 있습니다. 정말 그런지 한번 봅시다.

더그 알겠습니다. (무대로 올라와서 케이티의 맞은편에 앉는다.)

케이티 다시 읽어 보시겠어요?

더그 나는 엄마에게 화가 난다. 왜냐하면 엄마는 나와 가족을 자기 뜻대로 조종하기 위해 자신의 심리질환을 이용하기 때문이다.

케이티 그래서, "엄마는 나와 가족을 자기 뜻대로 조종하기 위해 자신의 심리질환을 이용한다"—그게 진실인가요?

더그 예, 그런 것 같아요.

케이티 그럼 대답은 '예'로군요.

더그 예.

케이티 그래요. '예'도 좋고 '아니요'도 좋습니다. 이것은 개인적인 작업이니까요. 이것은 당신의 작업입니다. 당신은 그동안 배운 대로 대답하고 싶을지도 모릅니다. 그런데 더 깊은 곳에는 진짜 대답들이 있을 수 있습니다. 그저 기다리면서 그 대답들이 떠오르도록 허용해 보세요. '생각 작업'은 명상입니다. '생각 작업'은 표면 밑에 있는 대답들이 떠오르도록 허용하겠다는 의도를 가지고 질문을 하는 겁니다. 이건 마치 "나와 봐, 나와 봐, 네가 어디에 있든지 간에"와 같습니다. 그 대답이 떠오르도록 한번 허용해 보세요.

자, "엄마는 나와 가족을 자기 뜻대로 조종하기 위해 자신의 심리질환을 이용한다"—당신은 그게 진실인지 확실히 알 수 있나요?

더그 아니요.

케이티 이 생각을 믿을 때 당신은 어떻게 반응하나요? 자, 당신은 방에 혼자 있으면서 제일 좋아하는 의자에 앉아 있습니다. 그 생각을 할 때, 그리고 그 생각을 정말 그렇다고 믿을 때 당신은 어떻게 반응하나요?

더그 TV를 창문 밖으로 던져 버리고 싶어집니다.

케이티 예.

더그 정말 화가 납니다. 너무 오랫동안 지속된 일이고, 이젠 더이상 뭘 어떻게 해야 할지도 모르겠으니까요.

케이티 예, 그래요. (청중에게) 만약 내가 이 '생각 작업'을 하고 있다면, 이 순간 양식 옆 빈 공간에 "나는 뭘 해야 할지 알 필요가 있다"라고 쓰고, 이 생각도 나중에 탐구해 볼 겁니다. "나는 뭘 해야 할지 모른다"는 생각에 관해서도 나중에 질문해 보고 뒤바꾸기를 해 볼 거예요.

'생각 작업'을 하다 보면, 우리가 탐구하는 생각을 뒷받침하는 몇몇 생각이 이런 식으로 튀어나옵니다. 하나의 생각은 지지해 주는 다른 생각들이 없이는 존재할 수 없습니다. 마음은 할 일이 있습니다. 마음은 찾는 자이며, 진실을 찾고 있습니다. 예를 들어, 마음이 "엄마는 나를 자기 뜻대로 조종한다"고 생각하면, 그 생각을 강화하는 그림들과 관념들이 뒤따라 나옵니다. 그렇지 않으면 어떻게 그 생각을 믿을 수 있겠어요?

그 생각이 없다면 당신은 누구일까요? 눈을 감고 엄마를 바라보세요. 온갖 그런 질환들을 달고 사는 엄마를 바라보세요. 자기 뜻대로 조종하려 하는 엄마를 이야기 없이 지켜보세요. 바라보세요. 당신을 조종하려고 하는 엄마를 한번 보세요. 그녀는 자신의 일을 아주 잘하고 있습니다. 그렇지 않나요? 그냥 그녀의 눈을 들여다보세요. 그녀의 얼굴을 보세요. 당신의 이야기 없이…. 당신의 이야기를 내려놓아 보세요. 무엇이 보이나요?

더그 거기에 온 세상이 다 있네요. 모든 것이 다 거기에 있어요. 모든 들뜬 감정, 우울한 감정… 아름다운 감정부터 분노하는 감정까지. 정말… 모든 감정이 엄마 안에 다 있어요.

케이티 예, 그녀 안에 다 있지요.

더그 예, 모든 감정을 다 경험합니다. 모든 감정이 다 엄마 안에 있어요. 그리고 내 이야기가 없다면, 나는 그런 감정들과 함께 현존할 수 있습니다. 그런 감정들과 그냥 함께 있을 수 있어요.

케이티 예, 그래요. 정말 멋지군요. 당신이 항상 바라던 게 그것 아닌가요? 당신 안에 있는 그 모든 것들 없이 그냥 그녀와 함께 있는 것.

더그 예, 그런데 나는 엄마를 도와 드리고 싶고, 구해 드리고 싶고, 더 나아지게 해 드리고 싶어 합니다.

케이티 나라면 "나는 엄마를 구해 드릴 필요가 있다"는 생각을 종이에 적어 놓고 나중에 생각 작업을 해 보겠어요. 그리고 "나는 엄마를 구할 수 있다"는 문장에 관해서도 탐구해 볼 겁니다. "엄마는 구원받아야 한다"는 생각에 관해서도….

더그 다른 사람들도 전부 엄마에게 문제가 있다고 생각합니다.

케이티 그들은 그러겠죠. 그런데 우리는 지금 당신 자신을, 당신이 믿는 생각을 들여다보는 중입니다. 자, "엄마는 나와 가족을 자기 뜻대로 조종하기 위해 심리질환을 이용한다"—뒤바꿔 보세요.

더그 나는 우리 가족을 내 뜻대로 조종하기 위해 엄마의 질환을 이용한다?

케이티 "나와 우리 가족을."

더그 나는 나와 우리 가족을 내 뜻대로 조종하기 위해 엄마의 질환을 이용한다. 맞아요… 거의 즉각적으로 그런 일이 일어납니다. 내 말은, 그 모든 이야기로 빠져들어 버린다는 거예요.

케이티 그럼 그녀가 당신과 가족에게 하는 걸 당신도 하고 있는 거로군요. 이 가족에게는 그런 사람이 한 명으로 충분한데, 이젠 당신까지 두 명이네요. 당신과 가족을 자기 뜻대로 조종하기 위해 두 명이 어머니의 심리질환을 이용하고 있습니다.

더그 그러니까 내가 통제하려고 한다는…

케이티 …어머니의 심리질환을 이용하여 당신과 가족을 통제하려고 합니다.

더그 예, 나는 본능적으로 보호하려 하는 것 같아요.

케이티 "엄마는 나와 우리 가족을 자기 뜻대로 조종하기 위해 자신의 심리질환을 이용한다"—다른 뒤바꾸기를 찾아보시겠어요?

더그 엄마는 나와 우리 가족을 자기 뜻대로 조종하기 위해 자신의 심리질환을 이용하지 않는다.

케이티 그 말이 어떻게 맞는지 예를 들어 주세요.

더그 엄마는 우리와 함께 있는 걸 무척 좋아합니다. 우리와 함께 있는 걸 정말 좋아하죠. 엄마가 정말 즐거워서 우리와 함께한다는 걸 이제야 알겠어요.

케이티 또 다른 예를 찾아보세요.

더그 엄마는 정말 많이 도와주십니다. 손주들을 돌봐 주시는데, 그건 대단한 일이죠. 가끔은 정말 잘 돌봐 주세요. 나는 엄마가 그럴 수 없다고 생각했지만, 이제 보니 대체로 잘 돌봐 주시는 편이네요.

케이티 당신이 자신의 심리질환을 알아보고 잠시 극복할 수 있어서 다행입니다. (청중과 더그가 웃는다.)

더그 엄마가 심리적인 질환을 가지고 있다고 생각할 때, 나는 정말 심리질환을 가지고 있습니다.

케이티 예. 자, 스윗하트, 이제 당신이 엄마가 되어 보세요. 심리적인 문제들이 있고 나를 조종하려 하는 엄마 역할을 맡아 보세요. 나는 그 엄마의 아들, 엄마를 가슴 깊이 사랑하는 아들의 역할을 맡겠습니다. 나는 그녀의 아들입니다. 나는 당신입니다.

더그 (어머니의 역할을 하며) "난 이번 추수감사절에 너희 집에 안 가련다. 너희 부부가 나를 함부로 대하고 애들한테도 막 대하는데, 더이상은 못 참겠다."

케이티 (더그 역할을 하며) "무슨 말씀인지 알겠어요, 엄마. 엄마가 자기를 잘 돌보시는 게 저는 좋아요. 나중에 저녁 식사 하실 걸 갖다 드릴까요?"

더그 "됐다. 난 집에 없을지도 모르는데 무슨! 난 아마 섬유근육통 때문에 병원에 가 있을 거다. 병원에서 먹을 걸 좀 주겠지."

케이티 "아, 잘됐네요. 엄마가 건강을 잘 돌보시는 게 저는 좋아요. 필요할 때 병원에 가신다니까 한결 좋네요."

더그 "거기에 갈 차편이 없어서 어떻게 가야 할지 모르겠다."

케이티 "제가 태워 드릴까요?"

더그 "됐다. 지금은 너 볼 기분이 아니야."

케이티 "그럼 택시를 불러 드릴까요?"

더그 "택시 탈 돈이 없어."

케이티 "그럼 제가 택시를 부르고 택시 요금을 내드릴까요?"

더그 "마음대로 하려무나."

케이티 "엄마는 정말 말이 잘 통하세요."(청중이 웃으며 환호한다.)

(그녀 자신으로 돌아와서) 좋은 엄마네요!

(더그 역할) "병원에 가고 싶으시면 저한테 전화하세요. 제가 바로 택시 불러 드릴게요."

더그 "그건 괜찮은 생각이구나."

케이티 "엄마, 제가 필요하면 전화하세요. 전 여기 있으니까요. 그리고 추수감사절 만찬 때 저희는 엄마가 정말 그리울 거예요."

더그 "그래… 음… 나도 내 기분이 나아지면 좋겠구나."

케이티 "엄마, 저도 엄마의 기분이 나아지면 좋겠어요. 엄마 사랑해요. 안녕히 계세요."

케이티 (그녀 자신으로 돌아와서) 방금 나눈 대화에서 나는 조종당한다는 느낌이 전혀 들지 않았습니다. (청중이 웃는다.) 전혀요. 어머니를 무척 사랑하는 아들이 어머니의 바람을 존중하는 이야기를 들었을 뿐입니다. 당신의 엄마는 오고 싶어 하지 않습니다. 그리고 엄마는 당신과 아내가 자녀들을 다정하게 대하지 않는다고 봅니다. 언제 어디에서 그랬는지 알 수 있나요?

더그 예, 물론이죠.

케이티 그렇군요. 그럼 당신은 "엄마, 엄마 말씀이 맞아요. 저희가 가끔 아이들을 심하게 대했어요"라고 말할 수 있습니다.

더그 예, 하지만 만약 엄마가 현실을 있는 그대로 본다 하더라도 그걸 가지고 마음대로 해 버리면요? 그래서 만약 내가 그걸 인정하는데 엄마는 내 말을 마음대로 해석하고는 모든 친척에게 "더그가 결국 아이들을 학대한다고 인정했답니다!"라고 얘기하고 다니시면 어떡해야 하나요? (청중이 웃는다.)

케이티 좋아요, 그럼 그것도 한번 역할극을 해 볼까요? 자, 당신은 어머니에게 세뇌된 모든 친척 역할을 맡으세요. 나는 당신 역할을 맡겠습니다.

더그 알겠습니다.

케이티 (더그 역할) "따르릉, 따르릉. 아, 친척님들!"

더그 (모든 친척 역할) "더그, 어떻게 지내니?"

케이티 "잘 지내요. 물어봐 줘서 고마워요."

더그 "근데 너희 엄마가 여기로 오고 계신단다. 우리가 여기로 오시라고 항공권을 끊어 드렸어. 엄마는 너희 가정에 문제가 있어서 너희 집을 떠나시겠다는구나. 너희가 아이들을… 학대하는 걸 더 이상 참을 수 없다고 하시는데, 믿어지지 않는 말이라서… 하지만 널 본 지도 오래됐고, 별일 아니면 좋겠구나."

케이티 "그렇군요. 어머니에게 항공권도 끊어 주시고 초대까지 해 주시다니 정말 친절하시네요. 정말 고마워요."

더그 "네 가정 일에 관여하고 싶지 않다만… 정말 괜찮은 거니? 너희 엄마가 나 말고도 다른 사촌들하고 이모들한테 다 네 얘기를 해서 지금 다들 걱정이 이만저만이 아니야. 양육권을 뺏겨서 행여 아이들이 다른 데로 가 버리게 될까 봐."

케이티 "그래요? 우린 전혀 그런 상황이 아닌데요? 재미있네요."

더그 "그럼 애들은 괜찮은 거니? 학대 같은 건 없는 거야? 어머니만 혼자 난리를 치는 거고 다른 건 다 괜찮은 거야?"

케이티 "다 괜찮아요. 가끔 아이들에게 화가 많이 날 때가 있긴 해요. 그게 어머니한테는 그렇게 보였나 봐요."

더그 "흐음… 네 말을 들으니 정말 문제가 있긴 있나 보구나."

케이티 "그냥 다른 가정들과 비슷해요. 아마…"

(그녀 자신으로 돌아와서) 그런데 이건 내가 제대로 대답하기 어렵습

니다. 당신이 아이들을 육체적으로 때리는지 안 때리는지 나는 모르니까요. 그걸 모르니까 진실하게 답을 할 수가 없습니다.

더그 예, 이해합니다.

케이티 예. 만약 내가 아이를 때렸는데, 그들이 "네가 아이를 때렸니?"라고 물으면, 나는 "예, 때렸어요. 그래서 그 문제를 해결하기 위해 열심히 애쓰는 중이에요"라고 대답할 겁니다.

더그 예, 나도 그럴 겁니다. 나는 '생각 작업'을 사랑합니다. 그런데 엄마에 관한 '생각 작업'은 하기가 힘들더군요. 그래서 지금 여기에 올라와 당신과 함께 탐구하게 되어 정말 기쁩니다. 우리가 현실이라고 생각하는 것은 전부 투사로 이루어진 것 같다는 걸 알거든요.

케이티 '같은 것'이 아니에요. 그것들은 다 투사되고 있습니다.

더그 예, 맞아요. 그런데 그건… 엄마한테 마음을 여는 건 정말 두렵습니다. '생각 작업'이 '어떻게 해야 한다'고 말하는 걸 실천하는 건 정말 두려워요.

케이티 '생각 작업'은 당신에게 어떻게 해야 한다고 말하지 않습니다. '생각 작업'은 그저 네 개의 질문과 뒤바꾸기일 뿐입니다. 당신은 그걸 이용하기도 하고 안 하기도 하죠. 그뿐입니다. 가끔 나는 내 경험을 얘기하는 거고요.

더그 어떤 사람과 함께 있을 때는 안전하지 않고 불편하다는 느낌을 받는 그런 상황이 있나요? 그 때문에 혼란스럽습니다. 그게 내 문제 같거든요.

케이티 사람들은 사람들과 함께 있을 때 안전하지 않다고 느낍니다. 그리고 ('생각 작업'에서는) 모든 전쟁이 종이 위에 표현되죠. 당신은 그 전쟁을 종이에 적고, 거기에 질문을 하고 뒤바꾸기를 합니다. 어머니가 실제로 한 말과, 어머니가 어떤 뜻으로 말했다고 당신이 생각하는 것, 그 둘의 차이를 당신이 알아볼 수 있을 때까지…. 우리가 지금 여기에서 하고 있는 일이 그것입니다. 그리고 지금까지는 그게 당신의 지옥이었습니다.

조금 전에 우리가 역할극을 했을 때 어머니는 전혀 조종하려는 분이 아니었습니다. 만약 내가 당신과 같은 마음—어머니가 어떤 뜻으로 말했다고 생각되는 것을 어머니의 실제 말 위에 덧씌우는, 질문되지 않은 마음—을 가지고 있다면, 나는 문제는 내가 아니라 어머니라는 걸 믿게 하려고 나를 조종하기 시작합니다. 그게 혼란입니다. 그리고 만약 내가 아이들을 어떤 식으로는 학대하지만 어머니에게는 감추고 싶은데, 어머니가 "너는 아이들을 학대해"라고 한다면, 나는 "엄마의 관점을 알려 주서서 감사해요"라고 말할 겁니다. 그 뒤 그 말이 맞는지 진지하게 들여다볼 거예요. 그리고 어머니가 얼마나 현명한 분인지 마음에 새길 겁니다.

더그 하지만 우리가 아이들을 학대한다고 엄마가 믿는 이유는, 우리가 아이들을 엄마에게 보여 드리지 않기 때문이죠. 우리가 그렇게 하는 건 엄마가 자살 충동을 느낀다고 보기 때문이고요.

케이티 그래서, "엄마는 자살 충동을 느낀다."

더그 엄마가 그렇게 말씀하십니다.

케이티 "엄마는 자살 충동을 느낀다"—그게 진실인가요? 그게 진실인지 당신은 확실히 알 수 있나요? 그렇지 않다고 말하는 게 아닙니다. 그냥 묻는 거예요. 정말 그런지 당신은 확실히 알 수 있나요?

더그 아니요.

케이티 "엄마는 자살 충동을 느낀다"—그 생각을 믿을 때 당신은 어떻게 반응하나요?

더그 그 생각을 믿지는 않습니다. 우리를 엄마 뜻대로 조종하려고 그런 말을 한다고 생각해요. 어머니가 정말 자살을 할 거라고 생각하지는 않아요. 그런 말을 지금까지 수없이 하셨거든요.

케이티 당신은 "엄마는 자살 충동을 느낀다"라는 생각을 믿는데 엄마가 "이번 추수감사절에 너희 집에 안 가련다"라고 말할 때, 당신은 어떻게 반응하나요?

더그 정말로 슬퍼집니다. 슬퍼지고 슬퍼져요. 가슴이 찢어지는 것처럼 슬픕니다.

케이티 어머니가 "추수감사절에 너희 집에 가고 싶지 않아"라고 말할 때, "엄마는 자살 충동을 느낀다"라는 생각이 없다면, 당신은 누구일까요?

더그 그 생각이 없다면 나는 누구일 것 같냐고요?

케이티 예. "엄마는 자살 충동을 느낀다"는 생각이 없다면.

더그 추수감사절에 우리 집에 오기 싫다고 말할 때요?

케이티 예.

더그 그 생각에 집착하지 않는다면, 근사한 추수감사절을 보낼 수 있겠죠.

케이티 그 생각을 믿지 않는다면 어떻게 그 생각에 집착할 수 있겠어요? 믿지 않는 것에 집착할 수는 없습니다.

더그 그러네요. 차이점이 분명하군요.

케이티 "엄마는 자살 충동을 느낀다"—뒤바꿔 보세요.

더그 나는 자살 충동을 느낀다.

케이티 그 말에 관해 얘기해 보세요.

더그 예. 가끔 나는 모든 것이 끝나기를, 멈추기를 원합니다.

케이티 음, 그렇다면 제대로 '생각 작업'을 찾은 겁니다. 죽지 않아도 빠져나오는 길이 있다는 것을 과거에 아무도 내게 알려 주지 않았습니다. 나는 고통에서 벗어나려면 이 몸이 죽어야 한다고 생각했어요. 그런데 내 마음에 질문을 한 뒤 완전히 다른 출구가 있다는 걸 알게 되었죠. 그래서 질문과 함께 정말 머물렀고, 벗어나는 길을 찾았습니다.

자, "엄마는 자살 충동을 느낀다"—다른 뒤바꾸기를 찾을 수 있나요?

더그 엄마는 자살 충동을 느끼지 않는다.

케이티 이 말도 원래 문장만큼은 진실할 수 있습니다. 누가 알겠어요? 그리고 만약 당신이 빠져나오는 다른 길을 찾을 수 없다면?

생각 때문에 몹시 고통스러웠던 때, 거기서 벗어날 방법을 몰랐던 때를 떠올려 보세요. 자살하는 사람들은 그 생각을 다루는 다른 방법을 모릅니다. 나도 내 생각을 다루는 다른 방법을 찾지 못했을 때는 자살이 (내 고통을 끝낼 줄) 자비로운 행위처럼 보였어요. 그 후 나는 다른 길('생각 작업')을 발견했죠.

더그 예, 엄마도 그런 상황인 거죠.

케이티 스윗하트, 나는 당신에 관해 얘기하고 있어요.

더그 내가 자살하고 싶어 한다는 의미에서요? 한번 살펴봐야겠는데요… 예, 그러네요. 예…

케이티 세 가지 일을 아세요? 나의 일, 남의 일, 신의 일?

더그 모릅니다.

케이티 나는 이 우주에서 오직 세 가지 일만을 봅니다. 나의 일, 남의 일, 신의 일. 나에게 '신'이라는 말은 '현실'을 뜻합니다. 현실이 곧 신입니다. 현실이 다스리기 때문이죠. 지진, 홍수, 전쟁, 혹은 내가 죽는 시간처럼 나도 통제할 수 없고, 당신도 통제할 수 없고, 아무도 통제할 수 없는 것을 나는 신의 일이라고 부릅니다. 만약 내가 마음으로 당신의 일이나 신의 일에 관여한다면, 그 결과는 분리입니다. 예전에 내가 어머니의 일에 관여했을 때, 예를 들어 "어머니는 나를 이해해야 해"와 같은 생각을 했을 때, 나는 곧바로 외로움을 느꼈습니다. 그리고 내가 살아오면서 상처받았다고 느끼거나 외롭다고 느꼈을 때는 어김없이 다른 사람의 일에 관여하고 있었다는 것을 깨달았습니다.

당신이 자살을 한다면 그건 누구의 일인가요?

더그 나의 일입니다.

케이티 어머니가 자살을 한다면 그건 누구의 일인가요?

더그 어머니의 일입니다.

케이티 그 차이를 알게 돼서 다행입니다. 나의 일은 사랑하는 것입니다. 만약 내가 (어머니에 관한) 이 모든 생각을 믿고 있다면, 나는 어머니를 사랑하기 어렵습니다. 자, 다음 문장을 볼까요?

더그 나는 우리가 그동안 엄마를 얼마나 많이 도와 드렸는지 엄마가 알기를 원한다.

케이티 왜죠?

더그 왜냐고요? 그러면 엄마가 우리를 적으로 여기고 공격하는 것을 멈출 테니까요.

케이티 그래서 "어머니는 우리가 얼마나 많이 자신을 도왔는지 알면 우리에 대한 공격을 멈출 것이다"—그게 진실인가요? 당신은 그게 진실인지 확실히 알 수 있나요?

더그 아뇨. 아마 그만두지 않으실 겁니다.

케이티 "어머니는 당신이 얼마나 많이 돕는지를 모른다"—그게 진실인가요?

더그 아뇨. 아닙니다. 아실지도 모르겠네요. 아마 아실 겁니다.

케이티 그 정도면 충분합니다. 계속 읽어 보시죠.

더그 이건 내겐 큰 깨달음이네요.

나는 우리가 엄마를 얼마나 많이 사랑했고 도와 드렸고 이해하려 노력했는지를 엄마가 알기를 원한다. 나는 우리가 엄마를 행복하게 해 드리려고 얼마나 애를 썼는지 엄마가 알기를 원한다.

케이티 뒤바꿔 보세요.

더그 나는 내가 나를 행복하게 해 주기 위해 얼마나 애를 썼는지 내가 알기를 원한다? 나를 행복하게 해 주려고 내가 얼마나 애를 쓰는지…

케이티 "엄마를 바꾸자. 그럼 나는 행복해질 거야."

더그 정말 그랬어요.

케이티 "엄마의 행복을 위해 내 평생을 다 바칠 거야. 그러면 나도 행복해질 테니까."

더그 맞아요.

케이티 중개인은 빼고 지금 여기에서 행복하세요. 당신은 어머니의 행복을 위해 삶 전체를 헌신했지만, 당신의 견해에 따르면 어머니는 여전히 행복하지 않다는 걸 알아차렸나요?

더그 나는 점점 늙어가고 있습니다. 점점 늙어가고 있어요! 더이상은 못 하겠습니다. 40년 동안 그랬으니까요.

케이티 "어머니는 행복할 필요가 있다"—그게 진실인가요?

(청중에게) 여러분도 이렇게 믿고 있는 사람이 있다면 그 사람을 떠올려 보세요. 행복해져야 한다고 믿고 있는 사람을 떠올려 보세요.

(더그에게) "어머니는 행복할 필요가 있다"—그게 진실인가요?

더그 아닌 것 같아요. 그게 어떤 느낌일지도 모르겠어요. 전혀 모르고 있었어요.

케이티 자, 눈을 감고… 어머니가 행복했던 순간을 떠올릴 수 있는지 한번 보세요.

더그 알겠습니다.

케이티 좋아요. 그래서 그게 당신을 행복하게 해 주었나요? 행복한가요?

더그 물론입니다! 미소가 절로 지어지네요.

케이티 예. 그런데 당신은 영원히 행복한가요?

더그 아뇨.

케이티 내 말은, 그게 정말로 당신을 계속 행복하게 해 주었나요?

더그 아뇨.

케이티 음, 나도 그랬어요. 가망이 없습니다.

더그 맞아요.

케이티 "어머니는 행복할 필요가 있다"—그게 진실인지 당신은 확실히 알 수 있나요? 나는 이 질문을 좋아합니다. 그게 당신에게 필요하다는 것이 진실인지 당신은 확실히 알 수 있나요?

더그 아뇨, 확실히는 알지 못합니다.

케이티 만약 내 어머니가 불행하게 살지 않았다면, 나는 오늘 당신과 여기에 함께 앉아 있지 못할 거예요.

더그 (웃으며) 그렇군요.

케이티 그것이 길입니다.

더그 그런데 점점 더 악화하는 것 같아요.

케이티 나라면 그 생각도 종이에 적어 놓겠습니다. "점점 더 악화하고 있다." 그리고 나중에 그 생각에 관해 생각 작업을 해 볼 겁니다. 정말 재미있는 작은 생각 아닌가요? 모든 생각이 보편적이고, 스트레스를 주는 새로운 생각은 하나도 없고, 모든 생각이 재생된 것들이고, 새로운 것은 하나도 없습니다. "어머니는 행복할 필요가 있다"—당신은 그 생각을 믿는데 어머니는 행복하지 않을 때, 당신은 어떻게 반응하나요?

눈을 감고서 당신의 삶을 바라보세요. "어머니는 행복할 필요가 있어"라는 생각을 믿는데 어머니는 행복하지 않을 때, 당신이 어떻게 살아가는지 한번 보세요.

더그 숨조차 쉬기 어렵습니다. 잔뜩 긴장하고 굳어 버립니다.

케이티 그렇게 긴장하고 굳어 버릴 때, 그리고 "어머니는 행복할 필요가 있어"라는 생각을 믿을 때, 당신은 어머니를 어떻게 대하나요?

더그 마음속으로는 다른 곳으로 가 버립니다. 엄마와 진정으로 함께 있지 못합니다. 마치 "엄마와는 그곳에 함께 가지 않을 거야"와 같은 느낌이에요.

케이티 그럼 어머니가 정말 행복해지겠군요. (청중이 웃음을 터뜨린다.) 작은 기쁨을 퍼뜨리세요, 작은 기쁨을 퍼뜨리세요! 그것이 어머니에게 행복을 가르쳐 줄 거예요.

더그 나는 내가 얼마나 공평한지를 엄마가 알아주길 원했어요. 아, 정말 미친 짓이었네요.

케이티 "어머니는 행복할 필요가 있다"—그 생각이 없다면 당신의 삶이 어떠할지 상상해 보세요. 어머니가 추수감사절에 당신 집에 오고 싶어 하지 않을 때, 그 생각이 없다면 당신은 누구일까요?

더그 정말 행복할 겁니다. 정말 마음이 가볍고 행복할 거예요.

케이티 결국은 모든 게 그걸 위한 거예요!

더그 예, 이제 알겠어요. 안다고 생각했는데 그게 아니네요.

케이티 그것은 마치 어머니의 행복을 위해 평생을 헌신하면서 어머니가 행복해지길 기다리는 것과 같습니다. 그러면 당신이 행복해질 거라 여기면서요. 그런데 그 생각이 없다면 당신은 어떠할까요? 행복합니다.

더그 맞아요.

케이티 자, "어머니는 행복할 필요가 있다"—뒤바꿔 보세요.

더그 어머니는 행복할 필요가 없다.

케이티 그 말이 왜 맞는지를 보여 주는 세 가지 예를 찾아보세요. 어머니가 행복하지 않아도 되는 세 가지 이유.

더그 어머니는 이미 행복할지도 모릅니다. 어떻게 하면 어머니가 행복할 수 있는지 정말 모르겠어요. 어쩌면 모든 게 어머니에겐 행복인지도 모르겠습니다. 지금으로선 어머니를 행복하게 해 드릴 방법이 하나도 없다는 걸 깨달았어요.

케이티 두 가지 예를 찾은 것 같군요.

더그 예, 좋습니다. 사실 나는 멋진 인생을 살고 있으니까요. 정말 그래요.

케이티 마음으로 어머니의 일에 관여하기 전까지는….

더그 예, 그래요.

케이티 "엄마는 행복할 필요가 있어"라는 생각을 믿을 때, 당신은 가족을 어떻게 대하나요? 추수감사절이라는 아름다운 명절이 다가옵니다. 당신은 "엄마는 행복할 필요가 있어"라는 생각을 믿는데 엄마는 추수감사절에 오고 싶어 하지 않을 때, 당신은 가족을 어떻게 대하나요?

더그 긴장하고 염려됩니다. 걱정하게 됩니다. 마음속으로 엄마에게 무슨 말을 할지, 그러면 엄마는 뭐라고 하실지, 나는 또 뭐라고 대답할지, 그리고 이 문제를 이번에는 어떻게 수습할지 또는 수습하지 못할지, 아니면 엄마 없이 추수감사절을 보낼지 등등 혼자서 긴 독백을 합니다.

케이티 그러니까 가족이 추수감사절에 모여 앉아 있을 때, 당신은 몸은 가족과 함께 있으면서 마음으로는 어머니가 있는 곳에 가 있군요.

더그 하지만 그게 바로 엄마가 원하는 것 아닐까요? 그래서 엄마가 그러는 게 아닐까요?

케이티 그건 누구의 일인가요? 그런데 그것도 좋은 생각입니다. 그 생각에도 질문을 하고 뒤바꿔 보세요.

더그 그걸 뒤바꾸면, "그게 바로 내가 원하는 것"이 되는군요.

케이티 그래서 당신이 그러는 게 아닌가요?

더그 그래서 내가 나 자신에게 그러는 거다…

케이티 예, 어머니의 이름으로….

더그 아, 맞습니다.

케이티 다음 문장을 보죠.

더그 엄마는 자신이 행복하지 않을 때 우리를 공격하지 말아야 한다. 엄마는 우리를 적으로 만들지 말아야 한다. 엄마는 피해망상에 사로잡히지 말아야 하고, 사람들이 얼마나 어머니를 친절하게 대하는지를 알아야 한다.

케이티 "어머니는 나를 공격하지 말아야 한다"—그게 진실인가요? (청중에게 말한다.) 여러분 중 다른 사람을 한 번도 공격해 보지 않은 분이 계신가요? 몇 분이나 되는지 한번 손들어 보시겠어요? (청중을 둘러보며) 한 분도 안 계시나요… 아, 저기 질문을 잘 이해하지 못한 분이 한 분 계시네요. (청중이 웃는다.) 그래서…

더그 아뇨, 그게 진실인지 나는 알 수 없습니다.

케이티 …당신은 어머니가 이곳에 있는 모든 사람과는 다르기를 바라고 있어요!

더그 그러네요.

케이티 온 세계를 다니면서 이 질문을 해 보았는데, 오직 질문을 잘 이해하지 못한 분들만 손을 들더군요. 그게 현실입니다. 지금 있는 현실이 있을 뿐입니다.

더그 맞아요. 엄마는 나를 공격해야 합니다. 그렇게 하시니까요.

케이티 아름답네요. 이해하셨군요. 어머니는 지금까지 그렇게 했어요!

더그 예… 그러지 않을 때는 우리를 어느 정도 사랑하셨고요.

케이티 "어머니는 나를 공격하지 말아야 한다"—당신은 그 생각을 믿는데 어머니가 당신을 공격할 때, 당신은 어떻게 반응하나요?

더그 다시는 엄마를 보고 싶지 않아요!

케이티 그럴 때는 어떤 느낌이 드나요?

더그 정말 차갑고 정말 냉정하게 느껴집니다.

케이티 그런데 이 거짓말, "어머니는 나를 공격하지 말아야 한다"는 생각이 없다면, 당신은 누구일까요?

더그 그러면 나 자신이 더 강하게 느껴질 것 같아요. 그 상황을 감당할 수 있을 테니까요.

케이티 만약 당신이 정말로 출구를 찾고 싶다면, 진실을 알고 싶다면, 정말로 자유로워지고 싶다면, 공격을 두 팔 벌려 환영하세요.

더그 예.

케이티 왜냐하면 우리는 우리를 공격하는 사람을 적이라고 여기지만, 그들은 사실 우리의 친구들이기 때문입니다. 그들은 우리가 우리 자신에게조차 숨기고 있는 그 모든 깊은 비밀을 들춰내 보여 주는 사람들입니다. 그런 비밀들이 환히 드러나지 않으면, 우리는 그것들이 있는지도 모른 채 살아가게 되고, 그러면 우리의 행동패턴은 바뀔 수가 없습니다. 그럴 수가 없습니다. 원인들이 표면 밑에 깊숙이 감춰져 있으니까요. 그걸 부인(否認)이라고 합니다.

더그 그렇군요.

케이티 그래서 우리를 공격하는 사람들은 사실 우리가 그런 비밀들에 다가가게 해 주는 사람들입니다. 어머니들이 그걸 잘합니다. 배우자도 그걸 잘합니다. 자녀들도 그렇습니다. 그런데 우리는 공격당했다고 느낄 때 자기를 방어하고 정당화합니다. 그런 비밀들을 들여다보지 않아도 되는 구실을 만드는 거죠. 그러고는 그들 때문에 삶이 불행하다고 합니다. 그런데 사실은 그 반대입니다. 당신을 불행하게 만들고 있는 사람은 바로 당신 자신입니다. 당신의 진실이 표면으로 올라오도록 허용하지 않고 있는 사람은 바로 당신 자신이니까요.

그 한 예가 "어머니는 나를 공격하지 말아야 한다"는 생각입니다. 어머니는 당신을 공격할 때 뭐라고 말하나요?

더그 대부분은 아내나 남동생을 통해 듣는 말인데, 그것도 괜찮나요?

케이티 그럼요. 공격은 공격이니까요. 그리고 당신은 그 공격이 어머니한테서 온다고 생각할 테니까요.

더그 예. "아들과 며느리는 나한테 고마워할 줄 몰라. 나한테 해 주는 게 하나도 없어."

케이티 그 말이 맞나요? 당신이 어머니에게 고마워하지 않는 때들이 있나요?

더그 예.

케이티 그럼 어머니의 말이 맞군요. "어머니는 당신을 공격했다"— 그게 진실인가요? 어머니는 그저 진실을 말했을 뿐인데, 당신은 그걸 잘 받아들이지 못하고 있습니다. 어머니는 당신이 고마워하지 않는다고 말했는데, 당신 말에 따르면 어머니 말이 맞습니다. 그러면 어디에 공격이 있나요?

더그 무슨 말인지 알겠습니다.

케이티 어머니가 당신을 어떻게 공격했는지 다른 예를 찾아보세요. 또 어떤 말로 공격했나요?

더그 "더그는 나한테 엄청 화를 내. 나한테 엄청 화를 냈어."

케이티 어머니에게 엄청 화낸 적이 있나요? 이것도 어머니의 말이 맞나요?

더그 어머니는 그렇게 보셨을 수 있겠네요.

케이티 그래서 스윗하트…

더그 하지만 그건 마치 맨바닥에 누워서 막 두들겨 맞는 것 같다고요. 그건 마치 울부짖음 같은…

케이티 어머니의 입에서 나오는 말 같군요. 어머니에게 분노하나요? 어머니에게 분노를 표출한 적이 있나요? 그러니 스윗하트, 어머니의 말이 또 맞았네요. 어머니가 한 일은 진실을 말한 것이고, 당신이 방금 한 일은 그걸 알아차린 것입니다. 지금 경험하는 것을 잠시 느껴 보세요.

더그 (울면서) 그건 정말 가슴이 찢어지는 것 같아요. 그런 분노로 그걸 밖으로 표출하는 대신, 가슴을 열고 그 아픔을 받아들이는 건…. 그렇다는 게 느껴지네요. 내가 그렇게 한다는 게 느껴져요.

케이티 당신은 그렇게 합니다. 다른 방법을 모르니까요. 그리고 당신은 그래야 합니다. 그러지 않을 수 없습니다. 다른 방법을 찾을 때까지는.

더그 예.

케이티 나는 방어가 전쟁을 일으키는 첫 번째 행동이라는 걸 알게 되었습니다.

더그 정말 그래요.

케이티 만약 우리 어머니가 나에게 "케이티, 너는 나에게 고마워하지 않는구나"라고 말하면, 나는 내면으로 들어가서 어머니의 말이 맞는 곳을 찾을 수 있습니다. 내가 어머니에게 그다지 고마워하지 않던 때로 돌아갈 수 있습니다. 그러면 눈물이 날 거예요. 그것은 죽는 것과 같습니다. 정체성이 죽기 시작하는 것과 같아요. "나는 어머니에게 학대당한 여자야"—이것이 한때 나의 정체성이었습니다. 그 정체성이 떨어져 나가기 시작할 때는 마치 자신이 지는 것처럼 느껴집니다. 마치 어머니가 이기고 당신이 지는 것처럼. 하지만 그 후 그것은 가장 겸손하고 부드러운 경험으로 바뀝니다. 그것은 사실 하나의 죽음입니다. 그러고 나면 당신은 과거를 더 많이 들여다보게 됩니다. 어머니가 당신 안에 있는 그 모든 것을 끄집어내기 때문이죠. 당신이 혼자서는 끄집어낼 수 없었던 것들을…. 나는 그러지 않고서는 그것들을 만날 수 없었습니다. 내 안에는 그런 것들이 너무 많았죠.

그리고 당신은 가슴속으로 들어가기 위해 "엄마, 더 얘기해 주세요"라고 말합니다. 또는 "전부 다 말해 주세요. 저는 이제 열려 있어요. 다 듣고 싶어요"라고 말합니다. 그 뒤 어머니가 이야기를 들려주면 당신은 똑같은 과정('생각 작업')을 다시 거치게 됩니다. 그것은 죽는 것과 같습니다. 거기에는 어떤 열등함도 없습니다. 그것은 진정한 스승에게 배우는 것과 같습니다. 당신의 어머니, 아버지, 여동생, 남동생, 자녀들, 적―이 모든 사람이 당신의 진정한 스승들입니다.

만약 우리 어머니가 "케이티, 너는 나를 고맙게 여기지 않는구나"라고 말하면, 나는 내면으로 들어가서 살펴보겠습니다. 그러면 나는 어머니의 말이 어디에서 옳은지 보기 때문에 이제 우리는 아주 많은 부분을 공유하게 됩니다. 그리고 나는 "엄마 말이 맞아요"라고 말합니다. 이제 우리는 서로 동의합니다. 어머니는 내가 어머니를 고맙게 여기지 않는다는 걸 보고, 나도 내가 언제나 어머니를 고맙게 여긴 것은 아니라는 것을 봅니다. 거기에는 친밀함이 있습니다. 우리 둘 다 그렇게 보고 있기 때문입니다. 나는 어머니에게 언제든지 그런 경험을 하게 되면 알려 달라고 얘기할 수 있습니다. 나에겐 스승이 필요하니까요. 그렇게 되면 우리 둘이서 내 문제를 함께 해결하게 됩니다.

더그 와!

케이티 그런데 이와는 다른 길, 오래된 길이 있습니다. 인류는 이 방식을 긴긴 세월 실천해 왔지만, 우리는 아직까지 전쟁을 하고 있습니다. 만약 우리 어머니가 "케이티, 너는 나를 고맙게 여기지 않는구나"라고 하면, 나는 곧바로 나를 방어합니다. "제가 엄마를 고맙게 여기지 않는다니, 그게 무슨 말씀이에요? 전 엄마를 고맙게 여긴다고요!" 그러고는 그런 증거들을 나열하고, 내 태도를 고수하고, 나를 방어하고 정당화하기 시작합니다.

누가 전쟁을 시작했나요? 나입니다. 어머니는 진실을 말했을 뿐입니다. 그런데 나는 어머니가 나보다 더 잘 안다는 이유로 어머니를 응징하기 시작합니다. 만약 나의 삶에 전쟁이 있다면, 그 전쟁을 시작한 사람은 나 자신입니다. 어떤 예외도 없습니다. 만약 나의 삶에서 전쟁이 끝난다면, 그 전쟁을 끝내는 사람은 나 자신입니다. 내가 끝내지 않으면 전쟁은 끝나지 않습니다. 어떤 예외도 없습니다.

더그 그렇게 할 수 있다니 믿어지지가 않네요. 그건 최고의 경지인 것 같아요. 그걸 이해하는 것만 해도… 조금이라도 그럴 수 있다면 얼마나 좋을까요.

케이티 사람들은 그렇게 할 수 없습니다. 그것을 향해 열릴 수 있을 뿐입니다. 마음에 질문을 하면, 당신은 다시 열립니다. 다시 마음에 질문을 하면, 다시 열립니다. 그리고 이것은 당신이 적에게 돌아갈 때 가지고 가는 것(열린 마음)을, 적에게 돌아가는 이유를 줍니다. 만약 당신 안에서 전쟁이 끝나지 않으면, 세상에서도 전쟁은 끝나지 않습니다.

더그 계속되는 거군요.

케이티 스윗하트, 그래서 나는 당신과 함께 '생각 작업'을 하는 것이 좋습니다. 당신이 할 수 없다면, 그 일은 끝날 수 없습니다. 그런 겁니다. 당신이 그렇게 할 수 없다면, 당신의 자녀들에게도 희망이 없고, 어느 누구에게도 희망이 없고, 인류에게도 희망이 없습니다. 당신이 바로 (그렇게 할 수 있는) 그 사람입니다. 그리고 내가 이걸 좋아하는 이유는 당신이 그렇게 하지 않아도 된다는 것입니다. 내면 탐구에서는 우리를 위한 해답이 적에게 있습니다. 빨리 해방되고 싶다면, 적에게 해답들이 있다는 점을 기억하세요.

더그 조금 전에 우리가 그렇게 하지 않아도 된다고 하셨는데요. 그말은 (탐구할 거리가) 자연스럽게 우리에게 올 거라는 뜻인가요?

케이티 예, 물론입니다. 계속해서 올 겁니다. 그 은총의 이름은 '어머니'입니다. 어머니는 전화기를 통해서도 오고, 현관문을 통해서도 옵니다. 당신은 뭘 해야 할지 알 필요가 없습니다. 삶이 완벽한

때에 (탐구할 거리를) 당신에게 보여 줄 겁니다. 그걸 찾을 필요도 없습니다. 그냥 올 테니까요. 그래서 나는 여러분이 다른 사람을 판단하는 것을 좋아합니다. 판단을 쓰고, 네 가지 질문을 하고, 뒤바꿔 보세요.

그리고 스윗하트, 한 가지 더 말씀드리자면, 당신은 전쟁을 끝낼 필요가 없습니다. 당신은 어머니를 다루고 있는 것이 아니라, 자신의 마음을 다루고 있습니다. 몸들은 이것을 이해하지 못합니다. 몸들은 이것을 위해서는 아무 쓸모가 없습니다. 당신은 지금 자신의 마음을 다루고 있는데, 그러고 나면 어머니에 대한 사랑이 뒤따라오게 됩니다. 우리는 어머니를 어찌할 수 없습니다. 당신이 이미 알아차렸듯이.

더그 예. 그런데 나는 지금까지 어머니를 어찌해 보려고 계속 애를 썼죠.

케이티 소용이 없을 겁니다. 그녀는 오직 진짜만 원합니다. 오직 진짜만.

더그 (어머니를 바꾸려고) 노력하면 할수록 더 엉망이 되어 버리더군요.

케이티 문장 전체를 다시 읽어 보겠어요?

더그 엄마는 자신이 행복하지 않을 때 우리를 공격하지 말아야 한다. 엄마는 우리를 적으로 만들지 말아야 한다. 엄마는 피해망상에 사로잡히지 말아야 하고, 사람들이 얼마나 어머니를 친절하게 대하는지 알아야 한다.

케이티 가망이 없어요, 가망이 없습니다. 어머니는 자신이 하는 것을 합니다. 자, 뒤바꿔 보세요.

더그 나는 내가 행복하지 않을 때 우리를 공격하지 말아야 한다.

케이티 나는 어머니를 공격하지 말아야 한다…

더그 나는 내가 행복하지 않을 때 어머니를 공격하지 말아야 한다. 나는 어머니를 적으로 만들지 말아야 한다. 나는 피해망상에 사로잡히지 말아야 하고, 다른 사람들이… (울먹이면서) 아, 정말 그래요… 다른 사람들이 얼마나 나를 친절하게 대하는지 알아야 한다. 정말 그렇습니다. 나는 피해망상에 사로잡히지 말아야 한다. 이것도 맞는 말입니다.

케이티 지금 어떤 경험을 하고 있나요? 가슴이 많이 여려진 것 같은데요.

더그 내 화와 분노, 그리고 모든 게 잘되도록 노력했던 나 자신을 알아차리는 중입니다. 사실 나는 내맡김의 아름다움도 잘 이해하고 있어요. 그런데 그건 말로 표현할 수가 없죠.

케이티 나는 그걸 이렇게 표현합니다. "사랑이 당신을 죽이게 하세요."

더그 사랑이 그러려고 하는 것처럼 느껴집니다. 당신이 진실에 관한 이야기를 할 때면 그건 정말 아름답습니다. 곧바로 알아차릴 수 있어요. 그러지 않을 수 없습니다. 하지만 바로 다음 순간이 되면, 나는 안전해지기 위해 내 감정을 분출해 버릴 겁니다. 그러지 않으려고 하지만, 계속 그렇게 하게 됩니다. 가족을 지키고 안전하다고 느끼기 위해서….

케이티 무엇 때문에 안전하다고 느끼려 하나요?

더그 가족 때문입니다.

케이티 오, 스윗하트, 가족은 얘기하지 맙시다. 그건 당신이 안전하기 위해서입니다. 가족이 안전하기를 원하는 이유는 당신이 안전하기 위해서입니다. 당신의 정체성—"나는 가족이 있는 남자야"—을 안전하게 지키기 위해서. 모든 것은 당신과 관련되어 있습니다. 나는 가족을 안전하게 지킬 거야, 그러면 나는 안전해.

더그 그러니까 나는 그걸…

케이티 당신은 어머니에게 하는 대로 가족에게 하고 있습니다.

더그 아…

케이티 어머니가 행복하면, 나도 행복할 거야. 가족이 행복하고 안전하면, 나도 행복하고 안전할 거야. 그래야 내 인생도 안전할 거야. 전부 당신에 관한 겁니다. 여기에는 예외가 없습니다. 그저 알아차리세요.

"내 가족은 안전해야 해"라는 생각을 믿을 때, 당신은 어떻게 반응하나요? 이런! 그다지 좋은 모습은 아니야.

더그 알겠습니다. 똑같군요.

케이티 어머니를 조종하는 방식대로 가족도 조종해야 하는 거죠. 그건 가망이 없는 일입니다. 그런 다음 그들이 행복하지 않으면 당신은 큰 충격을 받습니다. 지금까지 내가 가족을 위해 얼마나 노력해 왔는데!

더그 예.

케이티 자, 그 문장에 관해 다른 뒤바꾸기를 찾아봅시다.

더그 나는 우리를 공격하지 말아야 한다…

케이티 나는 나를 공격하지 말아야 한다…

더그 나는 내가 행복하지 않을 때 나를 공격하지 말아야 한다. 나는 나를 적으로 만들지 말아야 한다. 나는 피해망상에 사로잡히지 말아야 하고, 사람들이 얼마나 나를 친절하게 대하는지 알아야 한다. 동의합니다.

케이티 거기에는 대단한 지혜가 있습니다.

더그 예.

케이티 다음 문장을 볼까요?

더그 엄마는 우리가 해 드리는 걸 즐길 필요가 있고, 우리가 엄마를 위해 내 드리는 시간을 고마워할 필요가 있고, 우리가 엄마를 사랑하는 만큼 마음을 열고 우리를 사랑할 필요가 있다. 엄마는…

케이티 독재자의 말처럼 들리는군요.

더그 (웃으며) 제정신이 아니에요!

케이티 다시 읽어 보세요. 자, 이 말이 들리는지 볼까요? "엄마, 엄마는…." 당신이 이 가여운 여인에게 뭐라고 말하는지 한번 보세요.

더그 "엄마, 엄마는 우리가 해 드리는 걸 즐길 필요가 있어요."

케이티 "우리가 해 드리는 걸 즐기세요. 그러지 않으면 저는…."

더그 "엄마는 우리가 엄마를 위해 내 드리는 시간을 고마워할 필요가 있어요."

케이티 "그러지 않으면 저는 엄마를 차갑게 대할 겁니다."

더그 "엄마는 우리가 엄마를 사랑하는 만큼 마음을 열고 우리를 사랑할 필요가 있어요."

케이티 이런, 얼마나 대단한 명령인지!

더그 "엄마는 제정신일 필요가 있어요. 엄마는 왜곡된 현실을 만들어 내지 않을 필요가 있어요."

케이티 많은 걸 요구하는 건 아니죠? (청중이 웃는다.)

더그 나의 엄마니까요!

케이티 어머니는 따라야 할 사항들이 아주 많군요. 당신과 함께 사는 건 힘든 일이겠어요.

더그 예. 그렇겠어요.

케이티 "어머니는 이런 것들을 할 필요가 있다"—그게 진실인가요?

더그 지금은 그런 것 같지 않습니다.

케이티 어머니가 이런 것들을 할 필요가 있다는 것이 진실인지 당신은 확실히 알 수 있나요?

더그 아니요. 아뇨, 이제는 아니라는 걸 알겠습니다.

케이티 집에 돌아가면 이 질문을 놓고 한참 동안 앉아 있을 수도 있습니다. "이게 내 삶에서 나에게 필요하다는 것이 진실인지 나는 확실히 알 수 있는가?"

더그 예.

케이티 자, 스윗하트, 방금 말한 모든 것이 당신에게 필요하다는 이 생각이 없다면, 당신은 인생을 어떻게 살아갈 것 같나요?

더그 그렇다면 뭔가 인위적인 방식이 아닌 진정한 방식의 삶을 살아갈 것 같습니다. 마음의 문을 열고 진심으로 어머니를 사랑할 것 같아요.

케이티 예. 어머니가 행복하든 그렇지 않든….

더그 맞습니다!

케이티 허니, 당신이 행복하지 않을 때, 당신은 누가 당신에게 못되게, 차갑게 대하길 바라나요? 아니면 좀 더 자상하게 대해 주길 바라나요?

더그 당연히 더 자상하게 대해 주길 바라죠.

케이티 어머니도 마찬가지입니다.

더그 예.

케이티 그 목록을 다시 읽되, 이번에는 어머니 대신에 자녀들을 넣어서 읽어 보세요. "우리 아이들은…" 왜냐하면 만약 당신이 어느 한 사람에 관해 이런 관념들을 믿는다면, 모든 사람에 관해 그 관념들을 믿는다는 뜻이기 때문입니다. 당신이 여기에서 다루는 것은 사람이 아니라 관념들이기 때문입니다.

더그 "우리 아이들은 우리가 해 주는 걸 즐길 필요가 있다."

케이티 그러면 좋겠죠.

더그 오, 정말 그렇습니다. 알겠어요. 흠… "우리 아이들은 우리가 내주는 시간을 고마워할 필요가 있다."

케이티 그러면 좋겠죠!

더그 "그리고 우리가 아이들을 사랑하는 만큼 마음을 열고 우리를 사랑할 필요가 있다."

케이티 예, 그렇죠!

더그 "우리 아이들은 제정신일 필요가 있고, 왜곡된 현실을 만들어 내지 않을 필요가 있다."

케이티 음, 그들은 그들의 인생을 살 겁니다. 자, 뒤바꾸기를 해 볼까요? 어떤 것이 가능한지 한번 봅시다. 어머니와는 가능성이 없습니다. 어머니에게는 어머니의 길이 있으니까요. 아이들에게도 가능성이 없습니다. 그들에게도 그들의 길이 있으니까요. 그러니 뒤바꿔 보고, 당신이 누구의 길을 다룰 수 있는지 봅시다. 당신이 다룰 수 있는 것은 인식뿐입니다. 당신이 다룰 수 있는 것은 오직 그것뿐입니다.

더그 나는 내가 해 주는 걸 즐길 필요가 있다. 나는 내가 내주는 시간을 즐기고 고마워할 필요가 있다. 나는 내가 다른 사람들을 사랑하는 만큼 마음의 문을 열고 나를 사랑할 필요가 있다. 나는 제정신일 필요가 있다. 나는 왜곡된 현실을 만들어 내지 않을 필요가 있다. 예, 맞습니다.

케이티 어머니에 관해 생각 작업을 하면 자기 자신에 관해 따로 생각 작업을 하지 않아도 됩니다. 이 얼마나 좋은 방식인가요? 그리고 어머니를 바꾸려는 노력은 가망이 없습니다. 그렇게는 절대로 자기 자신에게 다다를 수 없습니다.

더그 우리가 하는 행동을 보면 우습죠. 그런데 막상 내가 그러고 있을 때는 그걸 알아차리기가 참 힘듭니다.

케이티 우리는 지금 시작합니다. 그래서 나는 '지금'을 좋아합니다. 지금 여기는 우리가 항상 시작하는 곳입니다. 이곳은 우리가 시작할 수 있는 유일한 곳입니다. 내일 시작할 수는 없습니다. 내일이란 꿈일 뿐이기 때문입니다. 하나의 이론에 불과하기 때문입니다. 나는 과거로 돌아가서 다시 시작할 수도 없었습니다. (과거에) 그렇게 하지 않았기 때문입니다. 바로 지금, 여기가 힘이 있는 곳입니다. 자, 다른 뒤바꾸기를 찾아봅시다. "나는…"

더그 나는… 나는 우리가 해 주는 것을 즐길 필요가…

케이티 "어머니가 해 주는 것을…"

더그 나는… 아…

케이티 그곳은 우리가 마지막으로 들여다보는 곳입니다.

더그 와! 나는 어머니가 해 주는 것을 즐길 필요가 있다. 나는 어머니가 내주는 시간을 고마워할 필요가 있다. 나는 어머니가 우리를 사랑하는 만큼 마음을 열고 어머니를 사랑할 필요가 있다. 나는…

케이티 이것은 평생 동안 할 일입니다.

더그 나는 제정신일 필요가 있고, 왜곡된 현실을 만들어 내지 않을 필요가 있다.

케이티 …어머니에 관해서. 지금까지 내가 만나고 있는 당신의 어머니는 자신에게 보이는 것을 당신과 나누는 여성입니다. 지금까지 내가 들은 것은 어머니의 말이 옳다는 것입니다. 어머니는 깨어 있는 여성입니다.

더그 (웃으며) 아마도요.

케이티 다음 문장을 보죠.

더그 어머니는 자기중심적이고, 자아도취에 빠져 있고, 자신에게만 병적으로 몰두하는 사람이다. (청중이 웃는다.)

케이티 그게 진실인지 당신은 확실히 알 수 있나요?

더그 확실히는 알 수 없습니다.

케이티 그 예를 하나 들어 주세요. 당신이 어머니 역할을 맡아 보세요. 그리고 어머니가 어떻게 자기중심적인지 예를 하나 얘기해 주세요.

더그 (어머니 역할) "알다시피, 요즘 내가 손주들을 돌봐 주고 있잖아요. 그런데 아들과 며느리는 내가 자기 아이들을 다 키워 주고 있다는 걸 모르는 거 같아요. 날 고마워하지도 않는다니까요. 내가 손주들한테 걸음마며 자전거 타는 거며 다 가르쳤는데 말이에요. 한번은 집에 돌아와서는 내가 아이들한테 요새를 만들어 줬다고 막 화를 내는 거예요. 애들이야 당연히 요새에서 안 나오려고 하죠. 걔들도 자기 부모가 나만큼 잘해 주지 않는 걸 알 테니까요. 아들과 며느리는 나 때문에 자기 아이들이 지금 그렇게 잘 컸다는 걸 모른답니다. 그걸 몰라요. 이해는 하지만, 고생해서 손주들을 키워 봐야 아무 소용이 없다니까요!"

케이티 지금 내 귀에 어떻게 들리는지 아세요? 어머니의 말이 맞을 수도 있겠다는 거예요! 어머니는 자신이 본 대로 얘기하는 건지도 모릅니다. 어머니의 말이 맞을 수도 있어요. 누가 알겠어요?

더그 예, 물론 그럴 수도 있습니다.

케이티 꽤 단순하죠. 그렇지 않나요?

더그 아주 단순한데, 아주 큰 깨달음이네요.

케이티 스트레스를 주는 하나의 생각에서부터 시작하면 됩니다.

더그 당신은 자신의 생각들을 사랑하게 되었다고 말하는데, 여기에는 미치광이 같고 병적이고 제정신이 아닌 생각들까지 포함되는 건가요?

케이티 어떤 병적인 생각, 미치광이 같은 생각을 말하나요? 나는 오랫동안 병적인 생각, 미치광이 같은 생각을 만난 적이 없습니다. 생각들은 자녀들과 같습니다. 생각들은 사랑스럽습니다. 생각들은 자녀들입니다. 그들은 얘기를 들어 달라고 외칩니다. 외치고 외치고, 또 외칩니다. 그런데 우리는 그들의 입을 막아 버리고, 쫓아 버리고, 억눌러 버립니다. 우리는 그들을 부정하고, 마치 그들이 거기에 없는 것처럼 가장합니다. 만약 당신이 지금 여기에서 하듯이 우리가 그들을 빛으로 데려오면, 그들에게 질문을 하고 뒤바꾸기를 하면, 그 아이들은 조용해지기 시작합니다. 그리고 우리는 그들을 만나기 시작합니다.

다음 문장을 봅시다.

더그 나는 앞으로 다시는 엄마에게 공격받는다고 느끼고 싶지 않다. 나는 앞으로 다시는 엄마에 대한 우리 가족의 사랑을 엄마가 보지 못한다는 이유로 화를 내고 슬퍼하고 싶지 않다. 나는 앞으로 다시는 내가 엄마에게 나쁜 아들이라는 느낌을 받고 싶지 않다.

케이티 "엄마는 자신에 대한 당신 가족의 사랑을 알지 못한다"—그게 진실인가요?

더그 아닙니다.

케이티 이건 탐구해 보기 좋은 생각이군요. 뒤바꿔 보세요. "나는…"

더그 나는…

케이티 "…나에 대한…"

더그 나는 나에 대한 엄마의 사랑을 알지 못한다… 예.

케이티 또 하나의 뒤바꾸기가 있네요. "나는…"

더그 나는…

케이티 "나는 엄마에 대한…"

더그 나는 엄마에 대한 나의 사랑을 보지 못한다. 예.

케이티 여기에 무조건적인 사랑이 있습니다. '필요가 있다'는 문장을 다시 읽어 보세요.

더그 엄마는 우리가 해 드리는 것을 즐길 필요가 있다.

케이티 '필요가 없다'는 문장으로 뒤바꿔 보고, 그걸 받아들여 보세요.

더그 엄마는 우리가 해 드리는 걸 즐길 필요가 없다. 엄마는 우리가 엄마를 위해 내 드리는 시간을 고마워할 필요가 없다. 엄마는 우리가 엄마를 사랑하는 만큼 마음을 열고 우리를 사랑할 필요가 없다. 엄마는 제정신일 필요가 없다. 엄마는… 예, 엄마는 왜곡된 현실을 만들어 낼 수도 있습니다.

케이티 그게 무조건적인 사랑입니다. 당신은 어머니를 그렇게 많이 사랑하며, 그 방향으로 가고 있습니다.

더그 이 '생각 작업'을 하게 되어 정말 기쁘네요.

케이티 나도 정말 기쁩니다. 당신은 놀라운 분입니다. 자, 이제 6번 항목을 뒤바꿔 봅시다. "나는 기꺼이…"

더그 나는 기꺼이 엄마가 나를 공격한다고 다시 느끼겠다. 나는 기꺼이 엄마에 대한 우리 가족의 사랑을 엄마가 보지 못한다는 이유로 슬픔을 느끼겠다. 나는 기꺼이 내가 엄마에게 나쁜 아들이라는 느낌을 받겠다.

케이티 예, 그래요. 왜냐하면 어머니를 그렇게 보는 한, 당신의 '생각 작업'이 아직 끝나지 않았다는 것을 알 수 있기 때문입니다. 이제 "나는 고대한다…"로 다시 읽어 보세요.

더그 나는 엄마가 나를 다시 공격하기를 고대한다…

케이티 재미있지 않나요? 아무도 당신을 공격할 수 없다는 걸 알고 있나요?

더그 맞아요. 맞습니다. 나는 엄마가 나를 다시 공격하기를 고대한다. 나는 엄마가 화를 내기를 고대한다.

케이티 만약 어머니가 당신을 공격한다면, 어머니가 할 수 있는 최악의 말, 가슴에 비수를 꽂는 듯한 말은 무엇인가요?

더그 "넌 나한테 아무것도 아니야…" 나는 엄마가 그런 말 하기를 고대한다? (청중이 웃는다.) 왜냐하면 아마도 엄마는…

케이티 누가 알겠어요? 만약 우리 아이들이 나에게 "엄마, 엄마는 나한테 아무것도 아니에요"라고 말하면, 나는 "오, 드디어 우리 아이들이 자유로워졌구나!"라고 생각할 겁니다. (웃음) 그러니, "나는 고대한다…"

더그 나는 엄마가 나를 다시 공격하기를 고대한다. 나는 엄마와 가족에 대한 우리의 사랑을 엄마가 보지 못한다는 이유로 화가 나고 슬퍼지기를 고대한다. 나는 엄마가 나를 나쁜 아들이라고 생각하기를 고대한다.

케이티 정말 흥분되지 않나요? "엄마는 당신을 나쁜 아들이라고 생각한다"—그게 진실인가요?

더그 아닙니다.

케이티 예. 당신과 '생각 작업'을 하면서 내가 처음부터 지금까지 알게 된 것은 당신이 어머니를 사랑하는 방식입니다. 그 사랑은 모든 것을 통해 환히 빛납니다. 이 모든 것은 그걸 위한 것입니다.

더그 혼란스러웠습니다.

케이티 예, 혼란스러웠습니다. 그리고 이제 우리는 어떻게 하면 되는지를 압니다. 당신과 함께 앉은 것은 내게 특권이었습니다.

더그 영광이었습니다. 케이티, 정말 감사합니다.

케이티 별말씀을요, 스윗하트.

더그 고맙습니다.

케이티 (청중에게) 그가 할 수 있으면, 우리도 할 수 있습니다. 그리고 그가 지금 하고 있습니다.

여동생이
엉망으로 살고 있어요

그리고 그녀가 당신에게 주는 모든 것,

당신이 좋아하는 그것들을 그저 지켜보세요. 왜냐하면

다른 온갖 생각들이 그동안 이 부분을 보지 못하게 했기 때문입니다.

다른 생각들이 너무 시끄러워서 그것이 보이지 않았습니다.

그리고 그런 생각들이 점령해 버립니다. 그것은 혼돈이며,

혼돈이 현실을, 아름다움을, 사랑을 점령해 버립니다.

당신은 여동생을 걱정합니다. 그녀의 삶은 힘들고, 위험하고, 자기 파괴적이다. 당신은 그녀를 돌보아야 한다.

그런데 이런 생각들이 진실인가요?

그녀의 삶을 사는 건 둘 중 한 명으로 충분합니다.

둘 다 그 삶을 살 필요는 없습니다.

리즈 나는 지니가 걱정된다. 왜냐하면 그녀는 이성을 잃은, 미친, 엉망진창인, 제정신이 아닌, 담배연기에 찌든 삶을 살아가기 때문이다.

케이티 스윗하트, 뒤바꿔 보세요.

리즈 나는 내가 걱정된다. 왜냐하면 나는 이성을 잃은, 미친, 엉망진창인, 제정신이 아닌, 담배연기에 찌든 삶을 살아가기 때문이다.

케이티 이 중에 당신 인생도 그렇다고 느껴지는 게 있나요?

리즈 나도 예전엔 담배연기에 찌들어서 살았어요. 그리고 가끔은 제정신이 아니죠.

케이티 그녀를 자주 만나나요?

리즈 아뇨. 그녀는 뉴욕에 삽니다.

케이티 "담배연기에 찌든 삶"—담배연기 말고, 당신은 또 어떤 연기에 찌들어 있나요?

리즈 엘에이(LA)의 매연에 찌들어 있는 것 같아요.

케이티 또 어떤 연기에 찌들어 있나요? 혹시 연막(煙幕; 위장, 변장) 같은 것에도 찌들어 있나요?

리즈 아뇨… 아마도… 아뇨, 그렇지는 않은 것 같아요.

케이티 좋습니다. 더 있나요?

리즈 예. 성매매 여성인 그녀의 삶은 나에게 깊은 슬픔을 주었다.

케이티 왜 그랬나요?

리즈 그녀가 수많은 남자와 자는 모습이 떠올라서 그랬던 것 같아요. 자기를 위험 속으로 밀어 넣었다고 생각해서요.

케이티 그래서, "그녀는 성매매 여성이라서 위험했다"—당신은 그게 진실인지 확실히 알 수 있나요?

리즈 아뇨. 지금은 성매매를 하지 않기 때문에 괜찮아요. 하지만 그녀가 매춘부 옷을 입고 있는 모습이 계속 떠오릅니다. 지니는… 내 여동생이거든요.

케이티 "그녀는 위험에 처해 있었다"—그게 진실인가요?

리즈 아뇨.

케이티 예, 그녀는 무사히 빠져나왔습니다.

리즈 예, 그래요.

케이티 "그녀는 위험에 처해 있었다"는 생각을 믿을 때, 당신은 어떻게 반응하나요?

리즈 슬퍼져요.

케이티 "그녀는 위험에 처해 있어… 위험에 처해 있었어"라는 생각이 없다면, 당신은 누구일까요?

리즈 (잠시 후) 마음이 더 가벼울 것 같아요.

케이티 "그녀는 위험에 처해 있었다"—뒤바꿔 보세요.

리즈 나는 위험에 처해 있다.

케이티 이 뒤바꾸기가 진실하다고 여겨지는 세 가지 예를 찾아보세요.

리즈 어째서 내가 위험에 처해 있냐고요? 음, 나는 동생에 관한 온갖 걱정 때문에 비참해질 위험에 처해 있어요.

케이티 예, 스윗하트. 첫 번째 예네요.

리즈 그리고 나는 내 걱정 때문에 동생의 인생을 정말로 망쳐 버릴 위험에 처해 있어요. 음, 아마 망쳐 버리지는 않을지 몰라도 그 애에게 더 많은 문제를 얹어 주겠죠.

케이티 두 번째 예로군요. 세 번째 예를 찾을 수 있나요?

리즈 (한참 후) 동생이 위험에 처해 있다고 상상할 때마다 내가 위험에 처해 있습니다.

케이티 예, 동생이 그 방에서 성매매하는 모습을 마음속으로 떠올릴 때마다 당신은 위험에 처해 있습니다. 동생이 스스로 성매매를 그만뒀는데도 당신은 아직도 (마음속으로) 그녀가 성매매를 하게 만들고 있습니다. 당신이 그렇게도 싫어하는 그 직업으로 동생을 자꾸 되돌려 놓고 있어요. 그러니 그녀는 당신보다 더 잘하고 있습니다. 그녀는 자기를 거기서 벗어나게 했는데 당신은 동생을 다시 그곳으로 되돌려 놓고 있습니다.

리즈 거기엔 남자들이 아주 많이 있었어요.

케이티 예, 수많은 위험한 남자. 하지만 그녀는 그곳에서 나왔는데, 당신은 마음속에서 그녀를 위험한 남자들과 계속 그 방에 있게 합니다. 그러고는 동생을 비난하죠. 하지만 그렇게 하는 사람은 바로 당신입니다. 자, 다음 문장을 볼까요?

리즈 나는 지니가 돈을 모으기를, 술과 담배를 끊기를, 일을 계속하기를, 집을 청소하기를, 평범한 삶을 살기를, 그리고 중요할 때 알맞게 처신하기를 원한다.

케이티 세상에, 요구 사항이 아주 많군요! 이 문장을 뒤바꿔 보고, 당신이 그렇게 살 수 있는지 한번 봅시다.

리즈 나는 내가 돈을 모으기를 원한다.

케이티 예, 당신이 돈을 모으세요. 잘 모으고 있나요?

리즈 그다지 잘 모으고 있진 않아요.

케이티 세 가지 일(나의 일, 남의 일, 신의 일)에 관해 알고 있나요?

리즈 예.

케이티 동생이 돈을 모으고 안 모으고는 누구의 일인가요?

리즈 동생의 일입니다.

케이티 당신이 돈을 모으고 안 모으고는 누구의 일인가요?

리즈 나의 일입니다.

케이티 예, 그 세 가지 일을 기억하세요. 그럼 그녀의 일에 관여하지 않게 될 거예요. 돈을 모을 필요가 있는 사람은 바로 당신이니까요.

리즈 예.

케이티 계속 읽어 보세요.

리즈 나는 술과 담배를 끊기를 바란다.

케이티 예. 담배를 끊으세요. 술과 담배를 하나요?

리즈 아뇨, 지금 임신했거든요.

케이티 참 친절하시군요, 스윗하트.
동생 얘기를 해 보죠. "지금 이 순간, 그녀는 담배를 피우고 술을 마시고 있다"—당신은 그게 진실인지 확신할 수 있나요?

리즈 아뇨, 지금 이 순간은 아니에요.

케이티 그럼 그녀가 어디에서 담배를 피우고 술을 마시고 있나요?

리즈 자기 아파트에서요.

케이티 아뇨, 당신은 그녀가 지금 이 순간 그렇게 하고 있는지 어떤지를 모른다고 말했습니다. 그럼 그녀가 어디에서 담배를 피우고 술을 마시고 있나요?

리즈 내 마음속에서요.

케이티 당신의 마음속에서요. 당신의 마음속에서요.

리즈 사실 나도 많이 상관하고 싶지는 않지만 저희 부모님이 두 분 다 폐암으로… 담배 때문에 돌아가셨거든요.

케이티 음, 아마 두 분만으로는 당신에게 충분하지 않은가 보군요.

리즈 음…

케이티 모든 사람에게는 저마다 자신의 길이 있습니다. 그리고 그것은 모두 당신을 위한 것입니다. 그녀는 지금 이 순간 어디에서 담배를 피우고 있나요?

리즈 내 마음속에서입니다.

케이티 예, 담배 피우는 걸 그만두세요.

리즈 아, 세상에!

케이티 그녀를 핑계 삼아서요! 당신은 지금 실제로 일어나고 있는지도 모르는 일 때문에 스트레스를 받아서 자기를 죽이고 있습니다. 그 스트레스는 그녀보다 먼저 당신을 데려갈 수도 있어요.

리즈 예, 그건 동생의 길이에요… 하지만 받아들이기 힘들군요.

케이티 그럼요! 당신이 마음속에서 그녀의 길을 살고 있으니까요. 둘 중 한 명이 그렇게 사는 것으로 충분합니다. 둘 다 그렇게 살 필요는 없어요. "나는 동생이 담배를 그만 피우기를 원한다"—뒤바꿔 보세요.

리즈 나는 내가 담배를 그만 피우기를 원한다. 나는 동생의 흡연에 대한 생각을 그만두기를 원한다.

케이티 예. 그런 식으로 당신은 담배를 피우고 있습니다.

리즈 그거 참 웃기네요!

케이티 예. 동생에게 바라는 걸 정작 당신은 하지 않고 있습니다. 그러니 자기 자신에 관해 생각 작업을 하세요.

리즈 이제 이해가 되네요. 하지만 혼자서는 그걸 이해하지 못했을 거예요.

케이티 그래서 생각 작업을 할 때 안내자(facilitator)와 함께 하면 도움이 되기도 합니다. 생각 작업은 자신의 힘을 발견하는 겁니다.

리즈 이런 것들을 보고는 "아, 맞아" 하고 말할 수 있어요. 하지만 담배에 관해서는 이런 식으로 알아차리질 못했어요.

케이티 그 생각에 관해 명상을 해 보면 스스로 알게 될 겁니다.

리즈 알겠어요. (뒤바꾸기) 나는 나의 집을 청소하기를 원한다.

케이티 예. 당신의 집은 깨끗한가요?

리즈 아뇨.

케이티 그러면 누가 그녀에게 집을 청소하고 돈을 모으라고 가르칠 수 있나요?

리즈 그렇지만 동생 집은 별난 사람들이 사는 집 같거든요. 뭐 하나도 절대 내버리지 않는 그런 사람들이 사는 집 같아요.

케이티 그러면 내가 당신 집에 가서 필요 없어 보이는 것들을 다 갖다 버려도 될까요? (리즈와 청중이 웃는다.) 그럴 때 당신이 화를 내면 "당신한테는 이것들이 다 필요 없는 것들이잖아요"라고 상기시켜 주겠어요.

리즈 맞아요. 그 말이 맞아요. 하지만 예, 사실 걔네 집에 가서 물건들을 내버리려고 할 때도 있는데…

케이티 예, 동생이 당신의 물건들을 갖다 버리는 건 괜찮나요?

리즈 알겠어요. 그런데 나는 그 애의 언니거든요. 동생한테는 내가 유일하게 남은 혈육이라…

케이티 예. 당신의 집을 깨끗이 치우면, 그걸 보고 동생도 어떻게 살아가야 하는지 배울 수 있겠죠.

리즈 알겠어요.

케이티 그리고 마음속에서 그녀를 그만 죽이세요. 그러면 다음에 그녀가 당신을 만날 때는 당신에게서 훨씬 더 행복한 스승의 모습을 볼 수 있습니다. 그리고 돈을 모으세요. 지금의 당신은 그녀에게 그럴 필요가 없다고 가르치고 있습니다.

우리는 사랑하는 이들에게 본보기를 통해 가르칩니다. 그래서 당신은 아직 그녀에게 가르쳐 줄 게 없습니다. 그리고 걱정은 (아무것도) 가르칠 수 없습니다. 죽일 뿐이죠.

리즈 예. 이제 분명해진 것 같아요. 마치 온 사방에 거미줄이 처져 있었던 것 같아요. 온 사방에요. 전 그런 줄도 모르고 있었죠.

케이티 예.

리즈 (양식을 읽으며) 나는 동생이 평범한 삶을 살기를 원한다.

케이티 그 생각이 없다면 당신은 누구일까요? 눈을 감아 보세요. 여

70

동생을 떠올려 보세요. 당신은 동생의 집에 있습니다. "나는 동생이 담배도 끊고 집도 청소하기를 원해"라는 생각이 없다면, 당신은 누구일까요?

그녀를 바라보세요. 당신의 이야기를 내려놓아 보세요. 그냥 동생을 바라보세요.

리즈 그냥 동생을 사랑할 것 같아요.

케이티 예, 그래요. 당신의 생각을 제외하면, 그 자리에 있는 것은 바로 사랑입니다. 하지만 그런 생각들이 사랑을 알아차리지 못하게 가로막고 있습니다. 그리고 당신은 동생을 비난하는 언니로 변해 버리죠. 그녀가 담배를 꺼내 들면 당신은 그 행위에 관해 어떻게 생각하는지를 말이나 몸짓으로 보여 줍니다.

리즈 정말 그렇게 해요. 그런데 동생 집에 있을 때 그 애가 담배를 피우면 견디기 힘들어요. 누구라도 그 자리에 있고 싶지 않을 거예요. 그건 다른 얘기긴 하지만요. 하긴, 그럼 밖에서 기다릴 수도 있겠네요.

케이티 예. 당신은 그녀에게 진실을 들려줄 수도 있습니다. "지니야, 너희 집에 들어가고 싶은데 담배연기 때문에 너무 힘들어"라고요. 정말 그렇다면 말이죠. 모든 건 당신에 관한 거예요.

리즈 모든 건 나에 관한 것이다…

케이티 예.

리즈 (뒤바꾸기) "나는 중요할 때 알맞게 처신할 필요가 있다."

케이티 예. 당신이 돈을 모으고 집을 깨끗하게 하는 건 당신에게 중요한 일이죠.

리즈 음, 이건 동생이 어머니 장례식에서 사촌들을 발로 차고 병원 엘리베이터 한가운데서 울고불고 한 일에 관한 거예요. 동생이 나랑 같이 있을 때 온갖 사람들 앞에서 소리를 지르고 화를 내는 모습이 떠올라요. 내가 없는 자리에서는 동생이 무슨 짓을 하든 상관이 없지만, 내가 보고 있을 때 그러는 건 견디기 힘들어요.

케이티 그런가요? 장례식 때로 한번 돌아가 보죠. 눈을 감아 보세요. 그녀를 바라보세요. 그녀가 사촌들을 발로 차고 있습니다. 이제 당신의 이야기를 내려놓고 그녀를 지켜보세요. 사촌들을 지켜보세요. 사람들이 동생을 쳐다보는 걸 지켜보세요. 당신의 이야기는 내려놓고 주위를 둘러보세요. 이제 현실을 보세요. 다 괜찮나요? 당신의 이야기를 내려놓고 주위를 둘러보세요.

리즈 다 괜찮네요. 동생은 어머니에게 화가 났어요. 하지만 괜찮아요. 괜찮습니다.

케이티 알게 되어 다행입니다. 그때로 돌아가서 그 상황을 다른 시각으로 보는 건 멋진 일이죠.

리즈 예, 그걸 완전히 놓아 버리기는 좀 힘들겠지만요.

케이티 그걸 놓을 필요는 없습니다. 그때로 다시 돌아가 보세요. 다 괜찮나요?

리즈 예, 괜찮아요.

케이티 자, 현실이 어떠했는지 한번 보죠. 동생이 사촌들을 어떻게 발로 찼나요? 어떤 식이었죠?

리즈 동생보다는 사촌들을 더 눈여겨보고 있었어요. 동생은 내게 익숙했으니까요. 사촌들은 누가 자신에게 그런 짓을 할 수 있다는 사실에 충격을 받았죠.

케이티 무슨 일이 있었는지 얘기해 주세요. 동생이 어디에서 사촌들을 발로 찼나요?

리즈 식당 앞에서요. 식당 문이 닫혀서 다른 식당으로 가려던 중이었죠.

케이티 동생이 사촌들의 몸 어디를 발로 찼나요?

리즈 정강이를 걷어찼어요.

케이티 식당 앞에서, 정강이를. 몇 번이나요?

리즈 한 번요. 정말 세게 찼죠. "꺼져 버려! 누구도 날 위로할 수 없어. 너희들이 정말 싫어. 너희들이 엄마의 장례식을 다 망쳐 놓았어"라고 하는 것처럼요.

케이티 당신이 화가 난 건 당연한 일일 거예요. 방금 얘기한 그 생각들을 보면요. 그런데 현실은 동생이 사촌들 중 한 명의 정강이를 한 번 찬 거로군요.

리즈 그 위에 나머지 전부를 내가 덧붙였다는 건가요?

케이티 나머지 전부를요.

리즈 이제 보니 동생은 사촌 중 한 명의 정강이만 걷어찼군요.

케이티 그런데 그 모든 흥분이 어디에서 나왔나요? 당신에게서 나왔습니다. 그녀는 사촌 중 한 명의 정강이를 한 번 찼어요.

리즈 음, 나중에 사촌들과 그 일에 관해 얘기해야 했어요.

케이티 정말로요? "당신은 그들과 얘기해야 했다"—그게 진실인가요?

리즈 아뇨, 아니에요.

케이티 자, 당신이 사촌 역할을 해 보세요. 나는 당신 역할을 하겠습니다. 명쾌한 당신을…. 괜찮나요? 동생이 사촌 중 한 명을 방금 걷어찼습니다. 대화를 해 보죠.

리즈 (사촌 역할) "네 여동생이 방금 내 정강이를 걷어찼어."

케이티 (리즈 역할) "응, 나도 봤어."

리즈 "미친 거 아냐? 장례식이고 뭐고 나 당장 갈래. 저녁 먹으러도 안 갈 거야."

케이티 "이해해."

리즈 (자신으로 돌아와서) 사촌은 그때 떠난 것 같아요.

케이티 현명한 행동이었네요. 그는 두 번 차이고 싶지 않았겠죠. 아니면 식당 문이 닫혀서 떠났을지도 모릅니다. 뭔가 다른 할 일이 있었을 수도 있고요. 발로 차인 것과는 아무 상관이 없는 수많은 이유가 있을 수 있습니다.

리즈 맞아요. 다른 이유 때문일 수도 있죠. 하지만 발로 차였기 때문에 떠난 것 같긴 해요.

케이티 그가 한 말은 "그녀가 날 찼어. 이건 미친 짓이야. 난 떠날 거야"가 다입니다. 그리고 당신은 그가 언제 떠났는지도 확실히 기억하지 못하고 있어요.

리즈 예, 그때 너무 많은 일이 벌어지고 있어서…

케이티 오, 정말요?

리즈 내 마음속에서요.

케이티 …당신 마음속에서. 아주 잘 알아차리셨어요! 좋아요, 허니. 당신이 현실과 상상의 차이를 배우고 있어서 참 좋습니다. 그녀는 사촌을 발로 찼습니다. 그녀는 어머니를 막 잃었죠.

리즈 무슨 말인지 알겠어요.

케이티 그 사촌이 여동생을 어떤 식으로 대했나요?

리즈 그는 그냥 동생을 위로하려고 하던 중이었어요. 동생의 어깨에 팔을 두르고…

케이티 그녀는 위로받고 싶지 않았나 보군요. 그녀는 의사표현이 서투른 사람 같아요.

리즈 (웃으며) 예, 맞아요.

케이티 그런데 만약 그녀가 그에게 원한 것이 혼자 내버려 두는 것이었다면, 아주 분명하게 의사를 표현한 거네요.

리즈 (웃으며) 예.

케이티 우리는 저마다 최선을 다하고 있습니다.

리즈 우리 모두 그렇겠죠? 그럼 동생도 나름대로 최선을 다하고 있겠네요. 이건 내겐 참 놀라운 거네요. 나는 동생이 이걸 (양식을 가리키며) 하길 바라는데, 동생은 안 해서 속상해요.

케이티 "나는 동생이 이걸 하기 바란다"—뒤바꿔 보세요.

리즈 나는 내가 이걸 하기 바란다.

케이티 다음 문장을 봅시다.

리즈 지니는 길 한복판에서 짜증을 부리지 않아야 하고, 걸핏하면 화를 내지 않아야 하고, 담배를 피우지 않아야 한다. 동생은 자신을 잘 돌보아야 하고, 가족을 만나고 친구를 사귀어야 한다.

케이티 "그녀는 자기를 돌보지 않고 친구를 사귀지 않는다"—그게 진실인가요?

리즈 아뇨… 그렇지 않아요.

케이티 그걸 알게 되어 다행입니다.

리즈 예, 그 애는 나름대로 활기차게 살아갑니다. 친구들과 통화도 하죠. 그런데 그 애는 성탄절에 혼자 지내는데, 그게 내 마음을 슬프게 합니다.

케이티 스윗하트, 당신이 만약 성탄절에 혼자 있으면 어떨 것 같은가요? 성탄절을 혼자 보내면 슬플까요?

리즈 슬프진 않을 거예요.

케이티 그런데 왜 동생은 슬플 거라고 생각하나요? 그녀는 당신만큼 성숙하지 않아서인가요?

리즈 동생은 그 아파트에 있고, 나는…

케이티 당신은 성탄절에 혼자 있어도 슬프지 않을 거라고 하는데, 왜 동생은 슬플 거라고 생각하나요?

리즈 무슨 말인지 알겠어요. 말이 안 되네요. 나는 성탄절에 사람들과 함께 있기를 원하지만, 그러지 않아도 괜찮을 거예요. 예, 동생도 괜찮을 거예요.

케이티 그녀도 당신만큼 많은 수단을 가지고 있는 것처럼 들리는군요.

리즈 예, 동생이 스스로 잘 챙겨 먹는 것 같기도 해요. 그런데 자꾸 동생의 삶이 엉망진창인 것처럼 보입니다.

케이티 누가 그렇게 보고 있는지 보세요. 엉망진창인 마음, 혼란스러운 마음이 그렇게 봅니다. 그녀는 사촌을 발로 찼고, 아무 일도 일어나지 않았습니다. 그리고 사촌은 자기 느낌을 표현하고 떠났죠. 그건 그렇게 큰일이 아닙니다.

리즈 예.

케이티 그 안에는 대단한 질서가 있습니다. 그는 발로 차였고, 자기 느낌을 표현했고, 떠났습니다.

리즈 몇 년 동안이나 이 일을 생각했어요. 산더미만큼 많은 생각을 했죠.

케이티 그래서 나라면 현실을 있는 그대로 볼 수 있을 때까지 그 생각에 계속 질문할 겁니다. 눈을 감고 그 상황을 보니까 더 확실하게 보이지 않던가요?

리즈 이제는 눈을 감지 않아도 보이네요. 그리고 지금은 "왜 그동안 이 생각을 하느라 그 모든 시간을 다 허비하고 살았지?" 하는 생각이 드네요.

케이티 생각을 믿었으니까요. 자, 이제 뒤바꿔 보세요.

리즈 나는 길 한복판에서 짜증을 부리지 말아야 한다.

케이티 예, 당신이 부리는 짜증을 보세요. 눈을 감고 자신을 보세요. 당신이 무슨 생각을 하고 있었는지 보세요. 무슨 말을 하고 있었는지 보세요. 무엇을 하고 있었는지 보세요. 그 모든 혼란이 어디에서 왔나요?

리즈 내 마음에서요.

케이티 예, 스윗하트. 길 한복판에서 짜증을 부리지 마세요.

리즈 나는 걸핏하면 화를 내지 않아야 한다.

케이티 예. 누가 발로 차였고, 당신은 화가 났습니다.

리즈 도대체 이 완벽한 어린 소녀의 모습을 어디에서 갖게 되었는지 모르겠어요.

케이티 영화에서겠죠.

리즈 예.

케이티 계속 뒤바꿔 보세요.

리즈 나는 담배를 피우지 말아야 한다.

케이티 예! 그 충고는 자신을 위한 충고입니다. 당신은 임신을 했습니다. 당신은 담배를 싫어합니다—나는 그걸 알레르기라고 하겠습니다. 내가 뭔가를 좋아하지 않으면, 나는 거기에 알레르기가 있습니다.

리즈 나는 나 자신을 돌보아야 하고, 가족을 만나고 친구를 사귀어야 한다.

케이티 예. 당신이 자신을 잘 돌보는 한 가지 방법은 마음속으로 그녀의 일에 관여하지 않는 겁니다. 그러면 그녀의 집에 갔을 때 당신은 상상 속의 동생이 아닌 진짜 동생을 만나게 됩니다. 길 한복판에서 짜증을 부리는 동생이 아닌….

리즈 그러고 보니 지난번에 마지막으로 봤을 때 동생은 짜증을 부리지 않았어요. 계속 할까요?

케이티 예.

리즈 지니는 삶을 너무 심각하게 받아들이는 걸 그만둘 필요가 있다. 담배를 끊고, 쓰레기를 다 치우고, 자기 일에 대해 책임감을 가질 필요가 있다—와, 이건 정말 좋은 생각이네요! 그리고 나와 아기를 보러 엘에이(LA)에 오면 처신을 잘할 필요가 있다.

케이티 뒤바꿔 보세요.

리즈 나는 삶을 너무 심각하게 받아들이는 걸 그만둘 필요가 있다.

케이티 예. 동생도 삶의 일부입니다. 동생에 관해 너무 심각하게 받아들이는 걸 그만두세요. 그녀는 살거나 죽습니다. 집을 청소하거나 청소하지 않습니다. 담배를 피우거나 피우지 않습니다. 그녀가 죽으면 무엇이 문제인가요? 어머니가 돌아가셨을 때 일어난 최악의 일은 누가 누구를 발로 찬 것이었습니다. 어머니가 돌아가셨을 때, 당신은 괜찮았나요?

리즈 그때 일 년 반 동안 슬퍼했어요.

케이티 예, 눈을 감아 보세요. 일 년 반 동안 울고 있는 자신을 보세요. 가장 슬펐던 때를 말해 보세요. 당신은 어디에서 울고 있나요?

리즈 어머니가 돌아가신 직후였던 것 같아요.

케이티 무슨 일이 일어났나요? 당신은 어디에 있나요?

리즈 어머니의 아파트에 있어요. 어머니의 물건들을 치우고 있어요.

케이티 이제 가장 슬펐던 순간을 찾아보세요. 당신은 어디에 있나요? 앉아 있나요, 서 있나요?

리즈 방바닥에 앉아 있어요.

케이티 예, 무슨 일이 일어나고 있나요? 당신은 뭘 하고 있죠?

리즈 음, 내가 누구와 통화를 하고 있는데 여동생이 내게 소리를 질렀어요. 아, 동생이랑 어머니랑 혼동되네요. 내 슬픔은… 그때 동생에게 화가 났고 어머니에게도 화가 났어요.

케이티 그럼 가장 슬펐던 때는 화가 났을 때군요. 어머니의 죽음에 관해 가장 슬펐던 건 당신이 바닥에 앉아 있을 때 화가 났던 거로군요.

리즈 아뇨, 어머니가 내게 동생을 맡기고 떠났다는 거예요.

케이티 누가 당신에게 동생을 맡겼나요?

리즈 어머니가 내게 동생을 맡겼어요.

케이티 그런데 '누가' 당신에게 동생을 맡겼죠?

리즈 내가 그랬어요.

케이티 예, '당신'이 자신에게 동생을 계속 맡기고 있습니다. 어머니는 그러지 않았습니다. 어머니는 돌아가셨고, 당신이 그걸 떠맡았습니다. 그건 옳거나 그른 일이 아닙니다. 그냥 당신이 그렇게 했어요. 어머니는 당신에게 동생을 맡기지 않았습니다. 어머니는 당신에게 동생을 맡기지 않고 떠났어요. '당신'이 동생을 자신에게 맡겼습니다. 어머니는 당신을 당신에게 맡겼죠.

그러니 어머니의 죽음에 관해 가장 슬펐던 때는 당신이 방바닥에 앉아서, 어머니가 당신에게 동생을 맡기고 떠났다고 상상하며 그 때문에 화가 났을 때로군요. 그러면 그 슬픔이 어머니의 죽음과 무슨 상관이 있죠? 그것은 여동생을 떠맡은 당신과 상관이 있습니다. 그런데 당신은 그럴 필요가 없었죠. 그럴 필요가 전혀 없습니다.

리즈 그렇게 해야 한다는 법 같은 게 있지 않나요?

케이티 없습니다.

리즈 그런 게 있는 것처럼 느껴져요.

케이티 없습니다. 법은—당신이 그녀를 사랑한다는 것입니다. 하지만 사랑은 육체적인 게 아닙니다. 그건 당신이 그들을 떠맡아야 한다는 의미가 아닙니다. 사랑은 내적인 경험입니다. 그것은 경험입니다.

당신이 사랑이란 이름으로 한 걸 보세요. 당신은 동생이 죽지 않기를 바랍니다. 동생이 죽으면 당신을 화나게 만드는 어떤 생각을 경험할 수 있기 때문입니다. 어머니가 돌아가셨을 때 그런 일이 일어났죠. 당신을 몹시 화나게 만드는 생각을 경험했습니다. 당신이 가장 슬펐던 최악의 때는 그때였습니다. 당신의 말에 따르면.

리즈 아뇨, 그때보다 더 안 좋은 때들이 있었던 것 같아요. 잘 모르겠지만요.

케이티 나는 당신에게 가장 슬펐던 때를 떠올려 보라고 했고, 그때 어디에 있었느냐고 물었습니다. 그러자 당신은 "어머니가 나에게 동생을 맡기고 떠났어"라고 생각하며 바닥에 앉아 있었다고 했습니다.

리즈 아주 많이 울었던 게 기억나요. 엄청 많이 울었죠.

케이티 집에 돌아가면, 우리가 방금 했던 것처럼 그 일을 자세히 들여다보세요. 고요히 앉아 있어 보세요. 가장 슬펐던 때를 떠올려 보고, 그 슬픔이 무엇에 관한 것인지 잘 살펴보세요. 그것은 당신의 생각에 관한 것이지, 다른 무엇에 관한 것이 결코 아닙니다. 사실은 그 말도 진실이 아닙니다. "어머니는 나에게 동생을 맡기고 떠났다."

리즈 아니면 "어머니는 나를 떠났다." 그냥 "어머니는 떠났다"는 어떤가요?

케이티 어머니는 떠났다.

리즈 "어머니는 지금 여기 내 곁에 있지 않다."

케이티 오, 정말요?

리즈 전부 나에 관한 거로군요.

케이티 예, 전부 당신에 관한 겁니다. 그런데 우리가 어머니에 관해 얘기할 때 어머니의 모습이 떠오르나요? (리즈가 고개를 끄덕인다.) 그럼 "어머니는 나를 떠났다"―그게 진실인가요? 그녀가 어디에 살고 있나요? 당신의 마음속입니다. 그러니 그냥 모든 걸 멈추고 "엄마는 나에게 뭐라고 말할까?"라고 생각해 보세요. 그러면, 놀랍게도 그녀가 말을 할 거예요. 그녀가 당신의 마음속으로 들어와, 당신이 요청하지 않은 일들에 관해서까지 얘기해 줄 겁니다. 당신은 마음을 열고 그녀가 들려주는 지혜를 들을 수 있고, 그 말에 가슴을 열 수 있고, 그녀를 밀어내는 대신 그녀가 당신 안에서 살도록 허용할 수 있습니다. 그런 모습들을 반갑게 맞이하면 가슴이 열리게 되고, 점점 더 활짝 열리게 됩니다.

나는 "사랑이 당신을 죽이도록 그저 허용하세요"라고 표현하는 걸 좋아합니다. 그게 시작이고, 그보다 더 강력한 것은 없습니다. 아무런 분리가 없을 때, 그녀는 당신과 늘 함께 합니다. 슬픈 방식이 아닌, 감사하는 마음을 남기는 아주 멋진 방식으로. 그때 많은 눈물도 흘리겠지만, 그 눈물은 슬픔의 눈물이 아닙니다.

자, "어머니는 나를 떠났다"―뒤바꿔 보세요.

리즈 나는 어머니를 떠났다.

케이티 예, 어머니가 (마음속에) 들어올 때 당신은 슬퍼집니다. 어머니가 들어오도록 허용하지 않고 있기 때문입니다. 어머니가 당신과 하나 되도록 허용하세요. 어머니가 당신 안에서 살도록 허용하세요. 그러면 당신은 결코 혼자가 아닙니다. 당신은 "엄마, 엄마는 지금 동생에게 어떻게 하시겠어요? 얘가 담배를 피우고 청소도 안 해요"라고 물어볼 수 있습니다. 그리고 또 생각할 수 있습니다. "엄마, 엄마는 지금 나한테는 어떻게 하시겠어요? 나도 요즘 청소를 안 해요."

리즈 어머니도 동생을 어떻게 해야 할지 알지 못했어요.

케이티 예, 그녀는 당신과 같습니다.

리즈 예, 동생과는 아무 상관이 없는 거죠.

케이티 그냥 동생을 사랑하세요. 동생에게 해 줄 건 그것입니다. 그리고 뒤바꾸기를 해 보세요. 어떤 생각이든 그 생각에 관해 생각 작업을 하세요. 달리 뭘 할까요?

리즈 다음 문장으로 갈까요? 아니면 이 문장들을 계속 뒤바꿀까요?

케이티 음, 쓴 대로 읽어 주세요.

리즈 지니는 창조적인 세계은행이고…

케이티 예?

리즈 창조적인 세계은행요. 이 말은 대단한 창조성을 지녔다는 뜻이에요.

케이티 아.

리즈 동생은 편집증적이고, 제정신이 아니고, 웃기고, 멋지고, 개성이 강하고, 유쾌하고, 뭐든지 다 모아 둔다.

케이티 뒤바꿔 보세요.

리즈 나는 창조적인 세계은행이다.

케이티 그 얘기를 듣고 싶군요.

리즈 음, 나는 영화 제작자이고 요리책도 냈습니다. 보석 회사도 운영하고 있고…

케이티 정말 창조적인 세계은행이군요! 또 뭐가 있나요?

리즈 요리를 잘 합니다.

케이티 좋은 엄마이기도 하죠. 술도 안 마시고 담배도 안 피우는 훌륭한 엄마이고요. 계속 읽고 뒤바꿔 보세요.

리즈 나는 편집증적이다.

케이티 예, 특히 동생에 관해서요. 그녀가 누구를 발로 찼는데, 당신은 그걸 가지고 온갖 생각들을 합니다.

리즈 예.

케이티 그렇게 영화를 만들죠! (리즈가 청중과 함께 웃는다.) 거기에는 멋진 이야기들이 있습니다. 그런데 그것들은 현실이 아니죠.

리즈 맞아요. 정말 그래요. 나는 정말 제정신이 아닙니다. 나는 웃기고, 멋지고, 개성이 강하다. 나는 유쾌하고, 뭐든지 다 모아 둔다. …맞아요. 어렵지 않네요.

케이티 예, 우리의 마음을 이해하기 시작하면 삶은 단순해집니다. 그리고 우리 마음을 이해하는 방법은 스트레스를 받았을 때 그것에 관해 질문을 하는 겁니다. 다음 문장을 보죠.

리즈 나는 앞으로 다시는 동생이 짜증낼 때 옆에 있고 싶지 않다. 나는 앞으로 다시는 동생을 위해 거짓말을 하고 싶지 않고, 동생의 건강을 염려하고 싶지 않고, 동생을 돌보는 일로 걱정하고 싶지 않다.

케이티 "나는 기꺼이…"

리즈 나는 기꺼이 동생이 짜증낼 때 옆에 있겠다. 나는 기꺼이 동생을 위해 거짓말을 하겠다. 나는 기꺼이 동생의 건강을 염려하겠다. (울면서) 나는 기꺼이 동생을 돌보는 일로 걱정하겠다.

케이티 예. 그런 일이 다시 일어나면, 눈물이 나고 스트레스가 시작되고 피로가 몰려오는 것을 그냥 알아차리세요. 그 느낌들을 알아차리면, 당신이 제정신이 아니라는 걸 상기하세요. (리즈가 웃는다.) 그 뒤 그 생각들을 종이에 적고, 현실로 돌아오세요.
자, "나는 고대한다…"

리즈 나는 동생이 짜증낼 때 곁에 있기를 고대한다. 나는 동생을 위해 거짓말을 하기를 고대한다. 나는 동생의 건강을 염려하기를 고대한다. 나는 동생을 돌보는 일로 걱정하기를 고대한다.

케이티 예. "당신은 동생을 돌볼 필요가 있다"—그게 진실인가요?

리즈 아니에요.

케이티 와! 그걸 알게 되어 좋지 않나요?

리즈 예. 나의 어떤 일부가 그냥 사라지고 있는 느낌이에요. 기분이 이상하네요. 어떤 어두운 부분이 사라지는 것 같아요. 잘 모르겠지만 그건…

케이티 더 말해 보세요.

리즈 그건 동생에 대한 의무감 같은 건데, 그게 있을 필요가 없어진 것 같아요. 하지만 조금 혼란스럽네요. 동생에 관해 걱정하지 않을 때 그건 마치…

케이티 그건 마치 "아, 세상에, 나는 행복하고 자유로워지고 큰 짐을 덜고 홀가분해지는 거야" 하는 것과 같습니다. 당신은 불행을 배반하는 배신자가 되는 거예요. "나는 동생을 돌봐야 한다"—그 생각을 믿을 때 당신은 어떻게 반응하나요?

리즈 끔찍해요. 동생이 보살핌을 받을 수 없을까 봐 몹시 두렵습니다. 내가 돌볼 수 없을까 봐요. 내가 할 수 있는 일이 하나도 없는 것 같아요.

케이티 당신은 끔찍하다고 느낍니다… "나는 동생을 돌봐야 해"라는 생각을 믿을 때, 그래서 끔찍한 기분을 느낄 때, 당신은 동생을 어떻게 대하나요?

리즈 동생을 마치… 실제 동생보다 더 하찮은 인간처럼 취급해요. 동생도 알아요. 그렇다고 느끼죠.

케이티 예. "나는 동생을 돌봐야 해"—그 생각을 믿어야 할 평화로운 이유를 찾아보세요.

리즈 하나도 없는 것 같아요.

케이티 "나는 동생을 돌봐야 해"라는 이 철학이 없다면, 당신은 누구일까요? 그 생각이 있을 때 당신의 삶이 어떠한지 보세요. 그 생각이 없을 때 당신의 삶이 어떠할지 상상해 보세요.

리즈 동생과 함께하는 시간을 즐길 것 같아요.

케이티 예. 그녀에게서 전화가 올 때, 그녀를 돌봐야 한다는 생각이 조금도 들지 않겠죠. 그럴 때 느껴질 자유를 상상해 보세요. 그녀가 전화를 했는데 당신이 그녀를 돌보기에 급급하지 않는다면, 그녀가 얼마나 자유로울지 상상해 보세요. 그걸 상상해 보세요.

리즈 그럼 동생은 마음껏 담배를 피울 수 있겠죠!

케이티 음, 그녀는 이미 그렇게 하고 있습니다.

리즈 하지만 내 잔소리 없이 그렇게 하겠죠.

케이티 그렇습니다. 그건 당신과 동생을 둘 다 자유롭게 합니다. "나는 동생을 돌봐야 해"—뒤바꿔 보세요.

리즈 나는 나를 돌봐야 해.

케이티 예. 당신은 동생에게 너무 관심이 쏠려 있어서, 정작 여기에는 당신 자신을 보살펴 줄 당신이 없습니다. 당신의 아이를 보살펴 주는 법을 배울 당신이 없습니다. 그러니 자기를 보살피세요. 자기를 보살피는 연습을 시작해 보세요. 그래서 아기를 보살피는 법을 배울 수 있도록. 엄마가 계셨다면 엄마에게 받고 싶은 모든 것을 당신이 그냥 자신에게 주세요. 자기 자신에게 엄마도 주세요. 그러면 둘이서 당신을 보살피게 됩니다. 무엇이 동생에게 제일 좋은 본보기일까요? 이런 여성일까요? 아니면 그동안 그녀의 언니였던 당신일까요?

리즈 그런 여성이죠.

케이티 예, 그런 여성이죠. 좋아요, 자 "나는 동생을 돌보아야 한다"
—뒤바꿔 보세요.

리즈 나는 나를 돌보아야 한다.

케이티 또 다른 뒤바꾸기가 있습니다.

리즈 나는 동생을 돌보지 않아도 된다.

케이티 예, 그럴 필요가 없습니다. 지금까지 당신이 성공했는지를
보세요. 그녀는 당신이 너무 가까이 다가가면 당신을 발로 차고 사
람들이 있는 데서 짜증을 부릴지도 모릅니다.

리즈 예, 그럴 수 있어요. 나는 그냥 그걸 지켜볼 수도 있죠.

케이티 예.

리즈 내가 언니가 아니라면 그런 상황이 재미있을 수 있겠어요.

케이티 그녀를 돌보지 않아도 된다는 걸 알아도 역시 재미있을 겁
니다. 또 다른 뒤바꾸기가 있군요. "나는 동생을 돌보아야 한다."
한번 들어볼래요?

리즈 예.

케이티 "동생은 나를 돌보아야 한다."

리즈 동생은 나를 돌보아야 한다.

케이티 이 말에 관해 얘기해 보세요. 당신은 어떤 면에서 동생에게
의지하나요?

리즈 아! 동생은 내 말을 들어 줍니다.

케이티 또 어떤 게 있나요?

리즈 내가 원하지 않는 것들을 막 보내 줘요. 그런데… 그것들은 나름 근사한 것들이에요.

케이티 어떤 면에서 동생에게 의지를 하나요? 그녀는 당신 말을 들어 주고… 또 뭐가 있나요?

리즈 음…

케이티 이것들을 동기라는 시각에서 살펴보세요. 예를 들어, 만약 당신이 동생을 돌보지 않으면 이 모든 혜택을 받지 못할 겁니다. 또 어떤 면에서 당신은 그녀에게 의지하나요? 장례식 때로 돌아가 보세요. 그때 당신은 어떤 면에서 동생에게 의지했나요? 동생의 보살핌을 받을 필요가 있었던 곳은 어느 부분이었나요?

리즈 동생 때문에 내가 장례식에서 착한 여자일 수 있었던 것 같아요.

케이티 예, 그녀는 당신을 착한 여자로 보이게 해 줍니다.

리즈 (웃으며) 정말 그러네요. 맞아요. 항상 그랬어요.

케이티 동생에게 그걸 알려 주고 고맙다고 말할 수도 있습니다. 동생이랑 얘기하면서 그냥 말해 보세요. "얼마 전에 내 마음을 들여다보고 있었는데, 네 덕분에 내가 좋은 사람으로 보인다는 걸 알게 됐지 뭐니? 네가 근사한 물건들을 보내 준다는 것도 알게 됐어. 난 네가 그렇게 하는 게 참 좋아."

그리고 당신이 좋아하는 그녀의 장점들을 다 들려주고, 당신이 그녀에게 의지하고 그녀의 놀라운 창조성에 기대고 있다는 것도 알려 주세요. 그리고 부정하는 태도에서 빠져나와 다시 돌려주기 시작하세요. 갚아 주세요. 그리고 자기 자신의 일에 머무르세요. "동생은 나의 보살핌이 필요하다"—그게 진실인가요?

리즈 아니에요.

케이티 동생이 "왜 전화했어?"라고 물으면, "넌 나한테 근사한 것들을 보내 주고, 나를 착한 사람으로 보이게 해 줘. 너의 집과 우리 집을 보면, 우리 집도 꽤 지저분한데 너의 집 때문에 우리 집이 괜찮아 보여"라고 할 수도 있습니다.

리즈 예, 그래요.

케이티 거기엔 많은 유머가 있을 수 있습니다. 그녀는 고마워할지도 모릅니다. 하지만 우리가 생각 작업을 할 때 발견하게 되는 이 목록들은 우리가 왜 이들이 우리 삶에 있기를 바라는지 알게 해 줍니다. 우리가 그들을 사랑하기 때문입니다.

그리고 이 혜택들을 알아차리면 우리는 그들에게 감사하게 됩니다. 그러고 나면 왜 당신이 그녀와 함께 있는지가 보입니다. 당신은 그럴 필요가 없습니다. 당신은 심지어 아기를 위해서도 거기에 있을 필요가 없습니다. 당신이 거기에 있는 이유는 그럴 때 기쁨을 느끼기 때문입니다. 당신의 아기는 의존적이지 않습니다. 그 아기는 살든 죽든 개의치 않습니다. 전부 당신에 관한 일입니다. 당신은 아기를 안는 걸 좋아합니다. 당신에 관한 일이죠. 아기는 이 세상에 얼마나 멋진 선물인가요? 하지만 "그들은 나를 필요로 해"라는 믿음은 그 기쁨을 앗아가 버립니다. 순수하지 않기 때문이죠.

리즈 정말 그런 것 같아요.

케이티 예, 그래요. 나는 어린 손주들을 바라봅니다. 그 아이들은 분명히 나를 필요로 하지 않습니다. 만약 그 아이들이 원하는 걸 내가 주지 않으면, 아이들은 소리를 지르고 짜증을 냅니다. 그러고는 잊어버립니다. 그들은 나름의 조그만 멋진 세계에서 살고 있습니다.

자, 마저 끝낼까요? "동생에게는 내가 필요해"—그 생각을 믿을 때, 그런데 성탄절에 동생이 혼자 있을 때, 당신은 어떻게 반응하나요?

리즈 그냥 놓아두어야겠죠. 그런데 여전히 좀 슬퍼요.

케이티 성탄절인데 "동생이 혼자 있어"라는 생각을 믿었을 때, 당신은 어떻게 반응했나요?

리즈 슬펐어요.

케이티 "동생에게는 내가 필요해"라는 생각을 믿을 때, 당신의 삶은 어떤가요?

리즈 끔찍합니다.

케이티 그 생각은 당신 삶에 평화를 주나요? 아니면 스트레스를 주나요?

리즈 굉장한 스트레스를 줍니다.

케이티 "내 아기에게는 내가 필요해. 내 배우자에게는 내가 필요해. 꽃들에게는 내가 필요해"—이 생각들은 당신 삶에 평화를 주나요, 스트레스를 주나요?

리즈 아기나 배우자나 꽃들은 문제가 없어요.

케이티 그럴 거예요. 그들은 아직 당신이 원하는 걸 방해하지 않았으니까요.

리즈 아, 그러네요. 잠잘 때 아기가 우는데 일어나는 게 귀찮으면 분명 짜증이 날 거예요.

케이티 그런 일이 일어날 수도 있겠죠. 모르는 일입니다. 그러지 않을지도 모르죠. 맑은 마음에게는 아기가 우는 것이 즐거움입니다. 울지 않는 것도 즐거움입니다. 아기를 달래러 아기 방으로 가는 것도 즐거움입니다. 그것도 꼭 그래야 하는 건 아닙니다. 몇 년 전에 우리 딸 록산은 아기가 울 때, 그 아이가 첫 번째 아기였는데, 화가 나면 아기 방으로 가기 전에 생각 작업을 했습니다. 맑은 마음으로 젖을 먹이고 싶었기 때문이죠.

리즈 와!

케이티 그래서 록산은 생각 작업을 참 많이 했습니다. 아기를 기다리게 하고 싶지 않았으니까요. 록산은 훌륭한 어머니입니다. 놀라운 어머니죠. 당신에게도 그런 어머니가 보입니다. 자, "동생에게는 내가 필요하다"—뒤바꿔 보세요.

리즈 나에게는 동생이 필요하다.

케이티 이제 집에 돌아가면 "나에게는 동생이 필요해"에 관한 목록을 만들어 보세요. 그리고 그녀가 당신에게 주는 모든 것, 당신이 좋아하는 그것들을 그저 지켜보세요. 왜냐하면 다른 온갖 생각들이 그동안 이 부분을 보지 못하게 했기 때문입니다. 다른 생각들이 너무 시끄러워서 그것이 보이지 않았습니다. 그리고 그런 생각들이 점령해 버립니다. 그것은 혼돈이며, 혼돈이 현실을, 아름다움을, 사랑을 점령해 버립니다.

하루도 빠짐없이 그런 목록을 만들어 보세요. 그리고 그 목록과 함께 앉아 있어 보세요. 자, 눈을 감고 그녀가 담배 피우는 걸 보세요. 이제 당신의 이야기를 내려놓아 보세요. 그리고 그녀를 보세요. 그녀는 담배를 꺼낸 뒤 담배를 피웁니다. 당신의 이야기가 없다면 당신은 누구일까요?

리즈 음, 그러면 동생은 그냥 담배를 피우는, 내가 모르는 어떤 사람일 거예요. 담배연기만 내 쪽으로 오지 않으면 상관이 없어요.

케이티 아, 좋아요, 좋습니다. 지금 여기에서는 담배연기가 당신에게 가지 않고 있으니까요. 오늘 생각 작업을 시작할 때는 그것 때문에 괴로워했죠. 동생이 담배를 끊기를 정말로 원했어요.

리즈 이젠 아니에요. 동생이 담배를 피워도 괜찮아요.

케이티 예. 많은 사람이 담배를 끊으면 술을 더 마시거나 음식을 더 많이 먹기 시작합니다. 그래서 다음에 "동생이 담배를 끊기를 원해"라는 생각이 들면 그 생각을 다시 살펴보고 싶을 수도 있습니다. 어떤 것도 제때에 앞서 일어날 수는 없습니다. 그때는 그녀의 때이지 우리의 때가 아닙니다.

리즈 예, 말씀하신 대로 그건 그녀의 길이에요.

케이티 "동생에게는 내가 필요하다"―또 다른 뒤바꾸기를 찾아보세요.

리즈 나에게는 내가 필요하다.

케이티 예. 바로 그거예요. 당신은 아기에 대한 관심을 여동생에게, 같은 동네에 살고 있지도 않은 그녀에게 분산시키고 싶어 하지 않습니다. 하지만 마음이 작동하는 방식 때문에, 당신은 아기를 안고 있으면서도 마음속으로는 담배를 피우는 여동생과 함께 뉴욕에 있고, 그러는 동안 아기를 잊고 있습니다!

그러니 당신에게는 당신이 필요합니다. 당신 자신과 함께 현존하세요. 다가오는, 늘 당신에게 다가오는 이 선물(아기)과 함께 현존하세요. 아기는 단지 하나의 아기에 불과한 것이 아닙니다. 고마워요, 스윗하트.

리즈 정말 감사합니다.

케이티 별 말씀을요.

3

아들은 세상에서 살아가는
법을 몰라요

나는 신을 사랑합니다. 그리고 신은 지금 있는 현실입니다.
나는 이혼했을 때 눈물을 흘렸습니다. 그 안의 좋은 점이
분명히 보였기 때문입니다. 이롭지 않은 일은 결코 일어나지 않습니다.
그걸 볼 수 없다면 나는 제정신을 잃고 고통을
받게 됩니다. 왜곡된 마음을 통해서 보고 있기 때문입니다.
그러면 삶의 선물을 놓치게 됩니다.

맨정신이란 무엇인가요?

만약 누가 맨정신이기를 바란다면,

당신의 삶을 지배하는, 스트레스를 주는 생각들에 관해

맨정신이 되도록 하세요.

마가렛 (양식을 읽는다) 나는 아들 폴 때문에 두렵고 슬프다. 왜냐하면 그 애는 마약을 끊고 재활하려 하는데 세상에서 살아가는 법을 모르기 때문이고, 살아가는 법을 배우느라 힘든 시기를 겪고 있기 때문이다.

케이티 예. "그는 세상에서 살아가는 법을 모른다"—그게 진실인가요?

마가렛 아들은 모든 걸 다시 배워야 하거든요. 그동안 마약을 하느라 세상에서 살아가는 법을 잘 모릅니다. 그래서 힘든 시간을 보내고 있죠.

케이티 예, 듣고 있습니다. "그는 세상에서 살아가는 법을 모른다"—그게 진실인가요? 음식을 먹을 줄은 아나요?

마가렛 먹을 줄은 알아요.

케이티 혼자 옷을 입을 줄은 아나요?

마가렛 예. 알겠어요. 그 애는 세상에서 살아가는 법을 압니다. 맞아요.

케이티 우리 모두는 알 필요가 있는 모든 것을 알고 있습니다.

마가렛 아아! 그렇지만… 아들은 시장에 가서 식료품 사는 법을 배우고 있어요. 이런 기본적인 것들을 배우고 있죠. 성인인데도 이제야 이런 걸 배우고 있답니다.

케이티 훌륭하네요! 그는 세상에서 살아가는 법을 알고 있군요. 우리는 성장하면서 배웁니다. 그게 세상에서 살아가는 법입니다. 만약 사람들이 더이상 성장하고 배우지 않는다면, 이 세상은 몹시 무서운 곳이 됩니다. "그는 세상에서 살아가는 법을 배우고 있다"는 말은 그가 세상에서 살아가는 법을 알고 있다는 뜻입니다. 성장하고 배우고 기꺼이 하려 하는 것이 그 방법입니다. 그가 그렇게 하는 것처럼 들리는군요.

마가렛 맞아요. 고맙습니다.

케이티 "그는 세상에서 살아가는 법을 모른다"는 생각을 믿을 때, 당신은 어떻게 반응하나요? 그 생각을 믿을 때 당신의 마음은 어디를 여행하나요?

마가렛 엄청난 두려움을 느낍니다. 너무 괴로워요.

케이티 자, 눈을 감아 보세요. "그는 세상에서 살아가는 법을 모른다"는 생각을 믿을 때, 그의 어떤 모습들이 보이나요?

마가렛 몹시 슬퍼하고 두려워하고 비참해하는, 혼란스러워하는 모습이 떠올라요.

케이티 "그는 세상에서 살아가는 법을 모른다"는 생각이 없다면, 그가 스스로 아침을 먹고 신발을 신고 시장에 가는 모습을 지켜볼 때, 당신은 누구일까요?

마가렛 자유로울 거예요. 예, 자유로운 사람일 거예요.

케이티 예. 그가 세상에서 잘하고 있다는 걸 알아차릴 만큼 자유로울 겁니다.

마가렛 예. 아들이 밥을 먹고 옷을 입을 줄 안다는 걸 알아차릴 만큼 자유로울 거예요. 그러면 나는 좀 더…

케이티 그리고 그는 배우는 법을 알고 있습니다. 놀라운 일이죠! 모든 아들이 다 시장에 가는 건 아닙니다.

마가렛 (웃으며) 예.

케이티 "그는 세상에서 살아가는 법을 모른다"—뒤바꿔 보세요.

마가렛 나는 세상에서 살아가는 법을 모른다.

케이티 당신은 마약을 끊은 아들과 세상에서 살아가는 법을 모릅니다.

마가렛 맞는 말이에요. 모르겠어요.

케이티 밥 먹는 법은 아나요?

마가렛 예.

케이티 신발 신는 법은 아나요?

마가렛 예.

케이티 예, 아들과 그렇게 살아가면 됩니다.

마가렛 아, 이런…

케이티 당신은 그저 밥을 먹습니다. 신발을 신습니다. 그가 집에 오면, 당신은 "안녕"이라고 말하거나, 말하지 않습니다. 그가 "엄마, 오늘 어떠셨어요?"라고 물으면, 당신은 대답을 합니다. 그가 "어젯밤에는 정말 힘들었어요"라고 말하면, 당신은 "얘야, 혹시 내 도움이 필요하니?"라고 묻습니다.

그가 "아뇨"라고 하면, 그의 말을 믿으세요. 그가 "예, 도와주세요"라고 하면, 그가 하는 말을 잘 들어주세요. 그것이 새로 태어난 아들과 함께 세상을 살아가는 법입니다. 그는 몇 살인가요?

마가렛 34살입니다. 성인이에요.

케이티 그는 갓 태어난 아기와 같습니다.

마가렛 정말 그래요.

케이티 예. 그는 다시 태어났고, 이제 기는 법을 배우고 있습니다. 어릴 적 기어 다닐 때 그를 어떻게 대했나요?

마가렛 곁에 있으면서 그 애를 도왔어요.

케이티 그가 넘어지면요?

마가렛 일으켜 주었습니다.

케이티 그리고 웃었나요?

마가렛 예.

케이티 함께 놀기도 했나요?

마가렛 예. 우린 함께 놀고 함께 웃었어요.

케이티 그럼 당신은 갓 태어난 아들과 세상에서 살아가는 법을 잘 알고 있군요.

마가렛 그런데 아들의 일에 관여하지 않기가 힘들어요. 그 애가 혼자서 AA 프로그램(알코올 중독 치료 프로그램)을 이수하고, 후원자를 잘 따르고, 프로그램에 참여하는 사람들과 잘 어울리는 등 그 모든 일을 스스로 하도록 놓아두는 게 말이에요. 관여하지 않고 정말로 놓아두는 건 내겐 힘든 일이죠.

케이티 오히려 안도할 수 있을 것 같은데요.

마가렛 그게 내게는 힘든 부분이에요. 어떻게 해야 할지 모르겠어요.

케이티 "그게 힘든 부분이다"—뒤바꿔 보세요.

마가렛 그건 쉬운 부분이다.

케이티 예. 그는 당신 손을 벗어났습니다.

마가렛 아!

케이티 그게 바로 그가 원하는 거예요!

마가렛 (웃으며) 그럼 그 애가 어떤 문제에 관해 얘기할 때 내가 할 일은, 앨라논(Al-Anon; 알코올 중독자 구제회)에서 배운 대로, 그 애의 문제를 해결해 주는 게 아니라 그 애가 문제를 스스로 해결하도록 허용하는 거로군요.

케이티 좋은 말이네요. 그건 당신의 문제가 아닙니다.

마가렛 예.

케이티 그는 그게 당신의 문제라고 생각하지 않습니다. 앨라논도 그게 당신의 문제라고 생각하지 않습니다. 그게 당신의 문제라고 생각하는 사람은 오로지 당신뿐입니다.

마가렛 아, 세상에! 듣고 보니 정말 쉬운 일 같네요!

케이티 '다른 사람의 삶을 살지 않는 것'은 정말 쉬운 일입니다. 자기의 삶을 사는 것으로 충분해요.

마가렛 예, 맞아요. 정말 그래요. 다음 문장을 읽을까요?

케이티 역할극을 해 보죠. 괜찮나요?

마가렛 예.

케이티 나는 당신 역할을 하겠습니다. 그는 큰 문제가 생겨서 지금 나한테 얘기하고 있습니다. 당신은 아들 역할을 맡으세요. 그의 어떤 말이 당신을 깊이 관여하게 만드는지 생각해 보세요.

마가렛 알겠어요. (아들 역) "엄마, 저 요즘 후원자를 피하고 있어요. 과제를 안 했거든요. 그래서 만나고 싶지 않아요."

케이티 (마가렛 역) "응, 후원자를 만나고 싶지 않은가 보구나. 솔직히 얘기해 줘서 고마워."

마가렛 "그리고 AA 프로그램에 아직도 잘 참여하지 못하겠어요. 그래서 외톨이가 된 기분이에요. 전 정말… 마음이 정말 혼란스러워요."

케이티 "그래, 그럴 수 있지. 내가 뭐 도와줄 게 있니?"

마가렛 "아뇨. 없는 것 같아요."

케이티 "그렇구나. 사랑해."

마가렛 "예."

케이티 "혼란스럽고 외톨이가 된 기분이라니 힘들겠구나."

마가렛 (그녀 자신으로 돌아와서) 그런데 만약 ("도와줄 게 있니?"라고 물었을 때) 아들이 "예"라고 대답하면 어쩌죠? 다시 아들 역할을 해 볼게요.

"예, 엄마가 도와주셨으면 해요."

케이티 "그래. 뭘 도와주면 좋겠니?"

마가렛 "모르겠어요."

케이티 "알게 되면 언제든 얘기하렴."

마가렛 "예."

케이티 "옳다고 느껴지는 일이면 언제든 도와줄게."

마가렛 (그녀 자신으로 돌아와서) 어머니인 내 입장에서는 그 애가 자신에게 유익하지 않은 걸 하고 있을 때 말없이 가만히 지켜보는 게 참 힘든 일이에요.

케이티 그는 후원자조차 보고 싶어 하지 않았어요! 나는 그냥 그의 말을 들었습니다. 그게 왜 당신에게 힘든 일인가요? 힘든 사람은 아드님입니다. 내가 한 일은 그의 말을 되풀이한 것뿐입니다. 어머니로서 내가 할 일은 귀 기울여 주는 거예요. 그의 삶에 대한 해답은 그의 안에 있습니다. 그러니 당신은 자기 안에서 해답들을 찾고, 그걸 이해해 보세요.

마가렛 알겠어요. 꼭 조언을 해 주어야 하는 건 아니군요.

케이티 그 조언을 자신이 들으면 좋겠죠.

마가렛 아!

케이티 그래서 나는 가정에서 아주 조용히 지낸답니다. (청중이 웃는다.)

마가렛 예, 고맙습니다. 이 문장을 지금 읽어 보니 무척 다르게 느껴지네요. 아들은 다시 마약을 이용할 것 같은 행동을 보이고 있다.

케이티 뒤바꿔 보세요.

마가렛 나는 다시 마약을 이용할 것 같은 행동을 보이고 있다. 이게 무슨 뜻인가요?

케이티 나는 모릅니다. 당신이 얘기해 주세요. 이 뒤바꾸기가 진실한 예를 하나 들어 보세요.

마가렛 음… 나는 다시 내 마약을 이용할 것 같은 행동을 보이고 있다. 나의 마약은 집착입니다.

케이티 아들에 대한 집착.

마가렛 예, 아들과 아들의 삶에 대한 집착이죠. 맞아요.

케이티 예, 그는 알코올과 마약에 집착합니다. 그리고 당신은 그에게 집착합니다. 그러니 그는 당신이 좋아하는 마약입니다.

마가렛 예. 맞아요, 맞습니다.

케이티 자, 다시 한 번 읽어 주세요. 아까처럼. 나는…

마가렛 나는 다시 마약을 이용할 것 같은 행동을 보이고 있다.

케이티 …아들을 이용할 것 같은…

마가렛 뭘요?

케이티 …아들을 남용할 것 같은…

마가렛 아! 나는 다시 아들을 남용할 것 같은 행동을 보이고 있다?

케이티 예. 그 예를 찾아보시겠어요?

마가렛 나는 내가 조언을 받아야 하는 상태에 있을 때 오히려 아들에게 조언을 하려고 합니다.

케이티 좋습니다.

마가렛 그리고 내가 계속 두려워하고 집착하는 상태에 빠져 있으면 아들이 마약을 이용하게 만들 것 같아요.

케이티 예, 당신이 그런 상태에 빠져 있으면 아드님이 거울처럼 그걸 비춰 보여 줄 겁니다.

마가렛 그래서 나로 인해 아들이 마약을 이용할 수 있다…

케이티 사람들은 내 삶을 비춰 주는 거울입니다. 내 경험으로는 그렇습니다.

마가렛 와! 알겠어요.

케이티 그래서 만약 당신이 늘 걱정하며 산다면, 술에 취하지 않더라도 그다지 좋아 보이지는 않을 거예요.

마가렛 예. 그렇지만 어떤 면에서는 그 애가 마약을 하든 안 하든 나는 거기에 책임이 없다는 걸 알 필요가 있다고 생각해요. 전체적으로 보면, 아무도 다른 사람에게 뭔가를 억지로 하도록 만들 수는 없으니까요. 그래서 혼란스러워요.

케이티 그 말에 동의합니다.

마가렛 그렇지만…

케이티 정신을 차리세요. 내가 하려는 말은 그게 전부입니다. 만약 그가 정신을 차리길 원한다면, 당신이 먼저 정신을 차리세요. 다음 문장을 읽어 보세요.

마가렛 예. 그러기 위해 여기 올라왔으니까요. 좋아요! 나는 아들이 죽을까 봐, 또는 다시 노숙자가 될까 봐 겁이 난다.

케이티 그가 노숙자로 살면 안 되는 이유가 뭔가요?

마가렛 그 애가 어디에 있는지, 살았는지 죽었는지 술에 취해 있는지를 모른다는 게 너무 겁이 나요.

케이티 그래서 당신의 이야기는 "나는 아들이 어디에 있는지 알 필요가 있어"로군요. 자, 그가 술에 취해 있고, 마약을 하고 있고, 길거리에서 집도 없이 떠돈다고 가정해 보죠. "나는 아들이 어디에 있는지 알 필요가 있어"—그게 진실인가요? 당신은 집에 편안히 있고, 그는 바깥 어딘가에 있습니다. "나는 아들이 어디에 있는지 알 필요가 있어"—그게 진실인가요?

마가렛 아니요. 그럴 필요는 없습니다.

케이티 어째서 '아니요'라고 대답했나요?

마가렛 그 애가 어디에 있는지 알 수 없던 시기가 있었어요. 그 애가 위험에 처해 있다고 생각했지만, 내가 할 수 있는 일은 아무것도 없었죠. 아들이 마약 하는 걸 나는 바꿀 수가 없었어요. 그런데 사실, 그 애가 내 곁에 없으니 내 삶을 잘 살 수 있었어요. 마약 하는 게 내 눈에 보이지 않았으니까요. 내 삶에서 작은 기쁨들을 느낄 수 있었죠. 그 애가 어디에 있는지 몰랐지만요.

케이티 참 좋네요.

마가렛 예, 그랬어요.

케이티 예. 만약 나에게 그게 필요했다면, 그리고 내 아들이 정말로 나를 사랑했다면, 내 아들은 나에게 그걸 주었을 거예요. 이 말이 이해되나요?

마가렛 다시 한 번 말씀해 주시겠어요?

케이티 만약 내가 완전히 엉망인 상태라서 도움이 필요했다면, 그리고 내 아들이 정말로 나를 사랑하고 그 길 외에는 나를 도울 수 없었다면, 그 애는 당신의 아들과 똑같이 살았을 겁니다. 재미있죠? 우주에는 잘못이 없습니다. 모든 것은 당신을 위해 존재합니다. "나는 당신을 위해 죽을 수도 있어요"라는 표현을 들어 봤을 거예요. 우리 삶 속에 있는 사람들이 그렇고, 우리 자신이 그렇습니다. 당신이 정신을 차리려면 뭐가 필요할까요?

마가렛 음, 그렇군요.

케이티 이렇게 말할 수도 있습니다. 만약 아드님이 그 길을 가야만 당신이 신에게 나아갈 수 있다면, 당신은 그 길을 택할 건가요?

마가렛 아들이 그 길을 가야만 내가 신에게 나아갈 수 있다면, 내가 그 길을 택하겠느냐고요?

케이티 만약 당신이 신에게 나아갈 수 있는 유일한 길이 그 길뿐이라면, 그 길을 택할 건가요? 그 아들을, 그 고통을 선택할 건가요?

마가렛 그동안 아들로 인해 수많은 고통을 겪는 길을 걸어왔어요. 그리고 그 길을 통해 신을, 더 많이 신을 발견하고 있죠. 그러니 이게 나의 몫인가 봐요.

케이티 예. 그러니 신에게 감사하세요. 아드님에게 감사하세요. 그게 모든 것이 존재하는 이유입니다. 그런 거예요. 잘못이란 없습니다.

마가렛 알겠어요. 그럼 그 애가 거리에서 방황하고 있던 것도 잘못된 게 아니군요?

케이티 그건 모두 당신을 위한 거예요.

마가렛 우리 각자를 위한 것이듯이. 모두 우리를 위한 거군요.

케이티 모두 당신을 위한 겁니다. 우리 각자? 모두 당신을 위한 것이기도 합니다. 당신은 아들의 일에 관여하는 것으로 옮겨갔을 뿐입니다. 당신은 다시 아들을 돌보고 있었어요.

마가렛 그걸 '우리는 필요한 것을 언제나 얻는다'고 표현할 수도 있나요?

케이티 예. 그것도 하나의 예입니다.

마가렛 난 그게 정말 필요했어요. 그 애가 마약을 할 때 그 자리에 있지 않는 게….

케이티 그래서, "나는 아들이 어디에 있는지 알 필요가 있다"—그는 길거리에서 술을 마시고 마약을 하고 집도 없이 헤매고 있습니다. "나는 아들이 어디에 있는지 알 필요가 있다"—그 생각을 믿을 때, 그런데 그가 어디에 있는지 알 수 없을 때, 당신은 어떻게 반응하나요?

마가렛 완전히 공황 상태에 빠집니다. "그 애가 죽었을까? 살아 있을까? 어디가 아픈 건 아닐까?"

케이티 그런 생각이 들 때 떠오르는 모든 이미지를 보세요. 당신은 집에 있는데, "나는 아들이 어디에 있는지 알 필요가 있어. 그 애는 죽었을지도 몰라. 그 애는 내가 필요해"라는 생각을 할 때 떠오르는 모든 이미지를…

마가렛 혹은 "나는 뭔가를 하고 있어야 해"와 같은 생각을 할 때요. 이런 생각이 늘 마음속에 떠오르죠. "아, 어떡하지. 나는 그 애 엄마야. 나는 뭔가를 하고 있어야 해. 도와주고 있어야 해…"

케이티 좋은 생각이네요. 이런 생각도 있습니다. "만약 그 애에게 무슨 일이 생기면, 그건 내 잘못이야. 나는 그 애 엄마니까." 이건 무척 강한 영향을 미치는 생각이죠.

마가렛 그건 내게 정말 큰 비중을 차지하는 생각이에요. 정말 그래요. 그건 내 잘못이야, 그러니 내가 그걸 바로잡아야 해.

케이티 예. 그러니 이건 그들과는 아무 상관이 없습니다. 정말로 우리에 관한 일이 됩니다. 전부 우리에 관한 일입니다. 만약 그에게 무슨 일이 생기면—사람들이 나에 관해 뭐라고 얘기할까, 엄마인 나에 관해?

마가렛 예.

케이티 우리는 오랫동안 비통해 하지는 않습니다.

마가렛 와! 혹은 "나는 나 자신에 관해 뭐라고 얘기할까?" 이게 나를 미치게 만드는 생각이에요.

케이티 예. 이제 "나는 아들이 어디에 있는지 알 필요가 있다"—이 생각을 믿을 평화로운 이유를 찾아보세요.

마가렛 그 애가 안전한지 알기 위해서니까… 그리고 살아 있는지.

케이티 그가 어디에 있는지 모를 때, 그가 술을 마시고 마약을 하고 있을 때, 그런 이유는 그다지 평화롭지 않습니다. 거기에는 평화로운 것이 전혀 없습니다. 그가 어디에 있는지 모를 때 "나는 아들이 어디에 있는지 알 필요가 있다"는 생각을 믿어야 할 평화로운 이유를 얘기해 주세요.

마가렛 (잠시 후) 그런 이유는 없습니다. 평화로운 이유는 하나도 없어요.

케이티 고통을 받는 데만 쓸모 있는 이 생각이 없다면 당신은 누구일까요? "나는 아들이 어디에 있는지 알 필요가 있다"—이 생각을 믿지 않았다면 당신은 누구일까요?

마가렛 자유롭고 즐겁게 내 삶을 살고 있을 거예요.

케이티 "나는 아들이 어디에 있는지 알 필요가 있다"—뒤바꿔 보세요.

마가렛 나는 아들이 어디에 있는지 알 필요가 없다.

케이티 예, 그럴 때 우리는 현실과 일치하게 됩니다. 그가 어디에 있는지 모를 때는 그가 어디에 있는지 알 필요가 없습니다. 그렇다고 그에게 전화를 해 보지 않는다거나 어디에 있는지 알아보려 하지 않는다는 말이 아닙니다. 그리고 결국 그가 어디 있는지 모른다면, 당신은 그가 어디에 있는지 모릅니다. 공포는 명료한 마음에 도움이 되지도 않습니다.

마가렛 도움이 안 되죠.

케이티 그럴 때는 할 수 있는 게 많지 않습니다. 이제 그 뒤바꾸기가 어째서 당신의 삶에 진실한지 세 가지 예를 찾아보세요.

마가렛 음, 나는 그 애가 어디에 있는지 알 필요가 없어요. 설령 그 애가 어디에 있는지 안다고 해도 그 애의 마약 사용에 관해 내가 어찌할 수 있는 일은 하나도 없으니까요. 그리고 다음으로, 나는 그 애가 어디 있는지 모를 때 가끔 행복해요…

케이티 두 개의 예네요, 스윗하트. 세 번째 예를 찾아보시겠어요?

마가렛 나는 그 애가 어디에 있는지 알 필요가 없어요. 왜냐하면 그 애는 과거에 나 없이도 잘 지냈으니까요.

케이티 대단한 발견이네요! "나는 아들이 어디에 있는지 알 필요가 있다"—또 다른 뒤바꾸기를 찾을 수 있나요?

마가렛 나는 내가 어디에 있는지 알 필요가 있다?

케이티 예. 정신을 차리세요. 그리고 당신이 지금 있는 여기를, 당신을 돕고 있는 것을, 당신을 돕고 있는 바닥, 당신을 돕고 있는 의자, 당신을 돕고 있는 공기—이 순간의 모든 아름다움을 알아차리세요. 당신을 돕고 있는 것들을 알아차리면, 바닥이 그도 돕고 있고, 공기가 그도 돕고 있다는 것을 알게 되고, 그에게 필요한 모든 것이 그 자리에 있다는 것을 알게 됩니다.

그렇다는 걸 깨달았나요? 그는 그럴 필요가 없습니다. 당신이 아는 건, 당신을 돕고 있는 모든 것이 그를 돕고 있다는 사실입니다. 그 사실을 깨닫는 것은 아름다운 일입니다. 왜냐하면 그럴 때 당신은 무엇이 그를 돕고 있는지 알게 되고, 그가 어디에 있는지 알게 되기 때문입니다. 그는 도움을 받고 있습니다. 죽었든 살았든—그는 도움을 받고 있어요.

마가렛 아아! 예, 알겠어요.

케이티 계속 읽어 보세요.

마가렛 얘기하고 싶은 게 있어요. 그 애가 술과 마약을 하지 않게 된 이후로, 그 애가 나와 함께 있을 때도 나는 여전히 그런 두려움을 느낀다는 게 정말 속상했어요. 그 애의 모든 걸 전적으로 사랑하는 자리에 있고 싶거든요.

케이티 그건 당신의 때를 앞서 가려는 거예요.

마가렛 알겠어요.

케이티 자, 계속해 볼까요? 다음 문장을 읽어 주세요.

마가렛 나는 아들이 약물에 의존하는 병에 걸리지 않기를 원한다.

케이티 뒤바꿔 보세요. "나는 내가…"

마가렛 나는 내가 약물에 의존하는 병에 걸리지 않기를 원한다. 아들에 대한 집착을 가리키는 거네요.

케이티 당신은 약물에 의존하는 병을 갖지 않기를 원합니다. 그것은 당신의 길입니다. 그것은 지금은 그의 길이 아니라, 당신의 길입니다.

마가렛 예.

케이티 자, 이렇게 바꿔 보세요. "나는 내가 아들에게 의존하는 병에 걸리지 않기를 원한다." 그가 좋지 않을 때는 당신도 좋지 않습니다.

마가렛 와!

케이티 하지만 왜 그가 좋아져야만 당신이 좋아지나요? 중개인은 빼고 당신이 그냥 좋아지면 안 되나요?

마가렛 예, 예. 그러고 싶어요.

케이티 빠른 길을 가세요. 당신이 원하는 것은 행복이니까요. 당신이 행복하면, 사랑하는 사람에게 도움을 주는 것이 훨씬 쉬워집니다.

마가렛 아!

케이티 언젠가 나는 무척 늙어 보이는 사람과 시간을 보낸 적이 있습니다. 수염이 텁수룩하고 냄새가 나는 사람이었어요. 그때는 새벽 두 시쯤이었고, 나는 높은 주차 건물 안에 있었는데 어두웠죠. 내 차를 가지러 가던 중에 그 사람을 보았어요.

처음 보았을 때는 "잘 모르겠어. 뭐지?"라고 생각했어요. 그곳은 앉아 있기 좋은 곳 같더군요. 그래서 그 사람 옆에 앉았고, 그의 방수포 같은 것 밑으로 손을 넣어 그의 손을 잡았죠. 그의 손을 내 무릎 위에 올려놓고, 주차장에 그냥 앉아 있었어요. 그리고 왜 사람들이 주차장에 앉아 있는지 알게 되었죠. (마가렛이 웃는다.)

아주 즐거웠습니다. 그리고 나중에 보니 그는 젊은 남자였습니다. 20대 초반이나 십대였어요. 그냥 몹시 늙어 보일 뿐이었습니다. 몹시 늙고 몹시 아름다운.

우리는 얘기를 나누었어요. 그냥 대화를 했죠. 그런데 그 사람에게는 주차장에서 생활하는 것이 당신이 상상하듯 그렇게 끔찍한 일이 아니었어요. 그는 집에서 멀리 떠나왔는데, 아주 멀리 떠나왔더군요. 뉴욕인가 어디에서 왔다고 했습니다. 하지만 그가 들려준 말에 따르면, 그는 끔찍한 생활을 하고 있지 않았어요. 그것은 그의 삶이었습니다. 내가 뭘 알겠어요?

내가 아는 건, 내가 그의 현실을 전해 들었다는 거예요. 그는 그의 삶을 나에게 들려주는 걸 좋아했습니다. 하지만 그의 어머니가 만약 당신 같은 마음을 가지고 있다면, 그 어머니는 그런 얘기를 아들과 나눌 수 없습니다. 그가 "주차장에서 밤을 지냈어요. 먹을 것도 없었고 추웠고 혼자였어요"라고 말하면, 그의 어머니는 충격을 받을지도 모릅니다. 귀 기울여 듣고 있지 않기 때문이죠. 그녀는 혼자 있는 건 끔찍할 거라 생각합니다. 주차장은 잠을 자기에 끔찍한 곳일 거라 생각합니다.

마가렛 그는 그렇지 않다고 하던가요?

케이티 전혀요! 그건 드문 일이 아닙니다. 귀 기울여 들어 보세요. 당신에겐 지옥이라도 다른 사람에게는 지옥이 아닐 수 있습니다.

마가렛 하지만 아들에겐 지옥이었어요. 그 애가 그렇게 말했죠. 지옥 같았다고.

케이티 만약 아드님과 앉아서 속 깊은 대화를 해 보면, 그에게서 다른 얘기들을 들을 수도 있습니다. 그 생활이 아드님에게는 지옥이었다는 건 알겠어요. 하지만 귀 기울여 듣는 것, 그건 참 아름다운 것입니다.

내가 전할 수 있는 것은 오직 사람들이 내게 들려주는 말들입니다. 나는 아이들이 몹시 굶주린 나라들에 가서도 생각 작업을 하는데, 그 아이들은 얼굴에 환한 웃음을 짓고 있습니다. 그리고 신나게 뛰어놀죠. 아름다운 아이들입니다.

달리 말하면, 자기 자신의 현실을 돌보라는 말입니다. 당신의 고통은 아드님의 고통보다 더 컸을 수도 있고, 당신은 아드님만큼이나 비참했을 수도 있습니다. 고통은 고통입니다. 내가 아는 건 그것입니다.

마가렛 예. 그 애는 마약을 하느라 정신이 팔려서 내가 느끼고 있던 고통을 느끼지 못했어요.

케이티 누가 알겠어요? 그러니 자신의 맑은 정신을 돌보세요. 그게 바로 지금 여기서 하고 있는 일입니다. 정신을 차리기 위한 생각 작업이에요. 아들을 필요로 하는 중독을, 자신의 행복을 위해 아들에게 의존하는 것을 그만두기 위한 거예요. 만약 그게 친절한 행위라면 그렇게 해도 됩니다. 하지만 그건 친절하지 않습니다. 당신에게도, 그에게도.

마가렛 예, 동의합니다.

케이티 왜냐하면 그가 만약 미끄러져 넘어지면, 그는 당신을 걱정해야 하기 때문입니다. 그동안 당신은 그에게 어떤 식으로 의존하고 있다는 것을 가르쳤습니다. 그것은 맨정신이 아닙니다.

어느 날 내 사촌이 늦은 밤에 전화를 했습니다. 전화벨이 울리고, 나는 잠에서 깨어 수화기를 들었는데, 그가 말하더군요. "지금 내 머리에 권총을 겨누고 있어요." 술이 많이 취해 있었습니다. 또 말했습니다. "내가 왜 자살하면 안 되는지 이유 하나를 대지 못하면 방아쇠를 당겨 버릴 겁니다."

나는 기다리고 기다리고, 또 기다렸습니다. 좋은 이유 하나가 떠오르기를 계속 기다렸어요. 하지만 한 가지도 찾을 수가 없었죠. 그래서 결국 말했습니다. "스윗하트, 그러면 안 되는 이유를 하나도 찾을 수가 없구나." 그러자 그는 울음을 터뜨렸습니다. 그는 그때까지 들어 본 말 중에 가장 정직한 말이었다고 했습니다. 그 뒤 그는 AA(알코올 중독 치료 프로그램)를 알게 되었고, 나중에는 맨정신으로 죽음을 맞이했습니다.

나는 그저 정직했을 뿐입니다. 하나의 이유도 찾을 수 없었어요. 그들은 나를 위해 살 필요가 없습니다. 내가 그들에게 의존하지 않기 때문입니다. 그게 일어난 일이었습니다. 나는 자유롭습니다.

마가렛 "그는 당신을 행복하게 해 주려고 여기에서 살거나 죽는 것이 아닙니다"라는 당신의 말은 내게 굉장한 것이었어요. 정말로 정곡을 찌른 말이었죠. 만약 그 애가 죽을 거라면, 그건 그 애의 권리겠죠! 나는 그걸 원하지 않지만, 그건 얼마나 그 애를 존중하지 않는 행동인지를 이제는 알겠어요. 내가…

케이티 …당신의 행복을 위해 그를 이용하는 것은.

마가렛 …나의 행복을 위해 그 애를 어떤 식으로든 이용하는 것은.

케이티 '이용하는 사람'들은 그렇게 합니다. 그리고 그들은 자녀들에게도 이용하도록 가르칩니다.

마가렛 오, 맙소사!

케이티 예.

마가렛 아들은 마약을 이용하고 있고, 나는 그 애를 이용하고 있어요. 그러니 우린 둘 다 이용하는 사람들이네요. 잘 알겠어요.

케이티 아주 좋군요. 앨라논에 오신 걸 환영합니다. 자, 다음 문장을 읽어 주세요.

마가렛 나는 그 애가 편안하게 살기를 원한다.

케이티 아니, 아니, 아니, 아니에요. 뒤바꿔 보세요. 당신은 그의 삶에 관심이 없습니다. 뒤바꿔 보세요. "나는 내가…"

마가렛 나는 내가 편안하게 살기를 원한다.

케이티 예, 그리고 당신은 자신이 그렇게 살 수 있도록 아들이 맞추어 살아야 한다고 생각합니다. 자신이 그렇게 살 수 있도록 아들이 맞추어 살고 마약을 끊기를 요구합니다.

마가렛 예. 그렇다는 걸 알겠어요.

케이티 그건 그의 삶을 힘들게 합니다.

마가렛 아아! 좀 받아 적을게요.

케이티 "자, 여기 너에 대한 요구 사항들이 있어. 내가 편안한 삶을 살려면 네가 그렇게 해야 해."

마가렛 오, 맙소사!

케이티 예.

마가렛 아, 세상에! (청중이 웃는다.) 알겠어요.

케이티 (청중과 함께 웃으며) 지금 그녀가 정신을 차리고 있는 것 같군요. 어떤 것 같나요?

그는 당신이 보여 주는 본보기를 통해 편안하게 사는 법을 배워야 합니다. 그게 우리 아이들이 배우는 방식이죠. 본보기를 통해서 배웁니다. 그들은 우리가 말하는 대로 하지 않습니다. 우리가 화를 내면서 "이렇게 해!"라고 말할 때, 아이들이 배우는 것은 "내가 충분히 화를 내면, 사람들에게 어떤 일을 시킬 수 있어"입니다. 우리는 언제나 가르치고 있기 때문입니다. 말이 아니라 행동으로.

마가렛 예. 그렇지만 편안한 삶을 살겠다는 목적으로 본보기를 보이고 싶지는 않아요. 그건 내가 원하는 대로 그 애를 바꾸려는 거니까요. 나는 아직도 저쪽에, 그 애에게 관심이 집중되어 있거든요.

케이티 또 하나의 뒤바꾸기가 있군요. "나는 원하지 않는다…"

마가렛 나는 그 애가 편안하게 살기를 원하지 않는다?

케이티 예, 분명히 그렇죠. 그에게 부과하는 온갖 요구 사항들을 보세요.

마가렛 오, 이런! 불쌍한 내 아들! (마가렛이 청중과 함께 웃는다.) 아! 이런 깨달음들이 내 행동을 바꾸는 데 도움이 될까요?

케이티 나중에 내게 알려 주세요. 행동이 바뀌지 않으면 스트레스를 주는 느낌들이 알려 줄 겁니다. 마음이 혼란스러울 때는 스트레스를 주는 느낌들이 알려 줄 거예요. 마음이 혼란스러울 때, 그때는 생각 작업을 할 때입니다.

마가렛 알겠어요.

케이티 자, "나는 원하지 않는다…" 계속해 볼까요?

마가렛 나는 그 애가 편안하게 살기를 원하지 않는다.

케이티 이 뒤바꾸기가 어떻게 당신에게 진실할 수 있는지 세 가지 참된 예를 찾아보세요.

마가렛 음, 방금 말씀하신 대로, 내가 그 애에게 부과한 온갖 요구 사항들을 보세요.

케이티 예. 두 번째는요?

마가렛 (잠시 후) 음, 곰곰이 생각해 보면, 그 애가 편안히 살기를 원하는 건 오만한 것 같아요. 어떤 삶이 그 애에게 가장 유익할지 내가 어떻게 알겠어요? 그 애는 힘든 삶을 살아야 할지도 모르죠. 그런 삶이 그 애에게 가장 큰 도움이 될 수도 있으니까요.

케이티 예. 내가 종종 하는 말인데, 우리가 당신의 뜻을 따라야 한다면 신이 왜 필요하겠어요? 세 번째 예는요?

마가렛 뭐가 있을까요. 나는 그 애가 편안히 살기를 원하지 않는다. 왜냐하면 내가 그걸 원하지만 그 애의 삶이 편안하지 않을 때면 속이 상하고 화가 나니까요. 그건 내 삶을 너무 힘들게 합니다.

케이티 좋습니다. 계속 읽어 주세요.

마가렛 나는 그 애가 잘 살고 계속 살아 있기를 원한다.

케이티 뒤바꿔 보세요.

마가렛 나는 그 애가 잘 살고 계속 살아 있고 즐거워하기를 원하지 않는다?

케이티 그게 그가 살아가는 방식이 아니고 즐거워하는 방식이 아니라면. 당신은 그가 당신의 삶을 살기를 원합니다. 당신은 그걸 요구해 왔습니다.

마가렛 아.

케이티 계속 읽어 주세요.

마가렛 그 애는 약물에 의존하는 병에 걸리면 안 된다.

케이티 그게 진실인가요?

마가렛 예. 나는 그 애가 그런 병이 걸리길 원하지 않아요.

케이티 그가 그런 병에 걸리면 안 된다는 게 진실인지 당신은 확실히 알 수 있나요?

마가렛 아뇨, 확실히 알 수는 없어요.

케이티 우리가 당신의 뜻을 따라야 한다면 누가 신을 필요로 하겠어요?

(마가렛의 역할을 하며) "너는 약물에 의존하면 안 돼—나는 그렇다는 걸 알아."

마가렛 아!

케이티 '나는 알아' 하는 마음(I-know mind)은 매우 고통스럽습니다. 그 마음은 모든 걸 독재자처럼 지배하려고 하지만, 삶은 그것 없이도 잘 흘러갑니다. 그리고 모든 슬픔은 짜증과 같습니다. 그것은 신과 벌이는 전쟁, 현실과 벌이는 전쟁입니다. 모든 슬픔이 그렇습니다. 그리고 당신이 집니다.

자, 뒤바꿔 보세요.

마가렛 그 애는 약물에 의존하는 병에 걸려야 한다.

케이티 예, 현실에 오신 걸 환영합니다. 이제 당신은 그를 인정하고 있습니다. 부인에서 벗어났습니다. 그는 병에 걸려야 합니다. 지금 그러니까요.

마가렛 예. 다음에는 이렇게 썼어요. 그 애는 그 때문에 너무 고생하지는 말아야 한다.

케이티 뒤바꿔 보세요.

마가렛 그 애는 그 때문에 너무 고생해야 한다.

케이티 예! 우주에는 잘못이 없습니다. 또 하나의 뒤바꾸기가 있군요.

마가렛 나는 그 때문에 너무 고생하지 말아야 한다?

케이티 예. 당신은 약물에 의존하며 길거리에서 생활하는 사람이 아닙니다. 하지만 당신은 마치 그렇게 살고 있는 것처럼 고통스럽게 살고 있습니다. 자기 자신을 길거리로 내던져 버립니다. 그가 맨정신으로 당신과 함께 있을 때도 당신은 마음속에서 그를 길거리로 내던져 버립니다. 마치 그런(아들이 길거리에서 마약을 하는) 일이 실제로 일어나고 있는 것처럼. 그렇지 않은데도.

마가렛 그러고 싶지 않아요.

케이티 예. 그냥 알아차리세요. 자신에게 친절하세요. 그리고 "오, 스윗하트, 넌 또 아들을 길거리로 내던지고 있어"라고 말해 주세요. 그리고 다시 현재로 돌아와서 현존하세요. 그리고 상상 속의 아들이 아닌 진짜 아들, 당신 앞에 있는 아들을 보세요. 두 팔로 아들을 안아 주고, 아들이 당신과 함께 그 자리에 있어 준 데 대해 그저 감사하세요.

내 딸 록산이 집에 올 때 내가 좋아했던 점이 그것이었습니다. 록산은 그때 16살이었는데, 그 애 말에 따르면, 알코올 중독이었죠. 그 애는 문을 열고 들어와서는 마치 "우웩!" 하듯이 나를 바라보곤 했습니다. 내가 자기 엄마라는 걸 견디지 못하겠다는 듯한 눈길로 날 바라보았어요. 그 이유를 나는 알고 있었죠. 나의 생각 작업을 했으니까요. 그 애는 걱정하고 두려워하던 과거의 엄마를 보고 있었습니다. 그 애에게는 나를 그렇게 바라볼 모든 권리가 있었죠.

하지만 그 애는 거기에 정말로 앉아 있는 사람을 보지 못했습니다. 그 사람은 예전과 다른 엄마였습니다. 물론 나는 그 애가 보고 있다고 생각한 여자가 누구인지 알고 있었죠. 그때 그 자리의 현실은 나에게 이러했습니다. 그 애가 집에 있다, 그 애가 나와 함께 있다, 그 애가 살아 있다. "세상에, 이 아름다운 존재와 다시 함께하는 순간을 갖다니."

나의 상상 속에서, 미처 진상을 알기도 전에, 나는 그 애를 천 번이나 죽였지만(그 애가 죽었을 거라고 상상했지만), 그 애는 그곳에 있었습니다. 그렇게 해서 현실은 나의 이야기보다 늘 더 친절하다는 것을 배웠습니다. 그게 첫 번째 경험이었습니다.

마가렛 내가 제일 싫어하는 게 그거예요—그 애가 여기에 있는데, 얼마나 오래 있을지 알 수 없다는 것. 물론 우리는 누가 얼마나 오래 여기에 있을지 알 수 없는 법이지만…

케이티 "내가 제일 싫어하는 게 그것이다"—뒤바꿔 보세요.

마가렛 내가 제일 좋아하는 게 그것이다.

케이티 예. 그가 여기에 있는 것을.

마가렛 그는 여기에 있어요. 하지만…

케이티 그가 영원히 있을 곳은 오로지 여기뿐입니다.

마가렛 음, 나도 지금 여기에 있고 싶어요.

케이티 당신은 잘 가고 있습니다. 계속 읽어 보세요.

마가렛 그 애는 정직해야 하고, 치료 프로그램에 깊이 참여해야 하고, 후원자와 함께 실천해야 한다.

케이티 뒤바꿔 보세요.

마가렛 나는 정직해야 하고, 내 생각 작업에 깊이 참여해야 하고… 후원자와 함께 실천해야 한다.

케이티 예. 후원자와 함께 생각 작업을 실천하고 있나요?

마가렛 예.

케이티 긴밀하게요?

마가렛 매일 하고 있어요.

케이티 아주 좋군요. 당신은 따르고 있네요, 당신의…

마가렛 나의 조언을 따르고 있죠.

케이티 참 좋네요. 그렇게 하면 마음으로 아들의 일에서 벗어나 자신의 일에 머물게 됩니다. 당신이 행복한 삶을 살면 본보기가 됩니다. 맨정신인 상태는 정말 매력적이죠.

마가렛 한 번도 맨정신으로 있어 본 적이 없어요.

케이티 예, 그렇죠.

마가렛 이제 모든 게 분명해지네요. 아들은 이 병이 없어야 한다… 보세요, 나는 여기에 쓴 것들로는 절대로 행복해질 수 없을 거예요. 이런 생각들은 아무 효과가 없으니까요. 아들은 이 병이 없어야 하고, 완전히 맨정신으로 살아야 하고, 치료 프로그램을 잘 따라야 한다. 아들은 내 삶에서 맨정신으로 행복하게 살아야 한다. 아, 이런. 이건 불가능하네요. 불가능해요.

케이티 아주 좋습니다. 그동안 아드님에게 그렇게 요구해 왔죠… 이제 알다시피.

마가렛 지독했네요.

케이티 당신이 말한 대로, 그건 가능하지 않았습니다. 지금까지는.

마가렛 예. 아들에겐 병이 있습니다. 그건 부인할 수 없는 사실입니다. 나는 그걸 바꿀 수가 없습니다. 아무도 바꿀 수 없습니다. 아무리 완전히 맨정신으로 깨어 있다고 해도… 그리고 그 애는 맨정신입니다. 그 애는 할 수 있는 최선을 다하고 있습니다. 그리고 그 애가 날 행복하게 만들어 줄 수 없다는 건 정말 분명합니다. 그 애가 아무리 뭘 어떻게 하더라도.

만약 아들이 살지 죽을지, 맨정신인지 아닌지, 다시 길거리로 돌아갈지 아닐지를 계속 걱정한다면, 나는 행복해질 수가 없어요. 절대로요. 그러니 모든 게 나에 관한 일이 되는 거죠. '내가 맨정신인가'에 관한 일이 되는데, 그건… 내 삶을 잘 돌보고 그 애에게 집착하는 마약을 하지 않는다는 뜻이겠죠.

케이티 아들을 당신의 마약으로 이용하는 것. 좋아요, 뒤바꿔 보세요.

마가렛 그 애는…

케이티 나는…

마가렛 아. 나는 이 병이 없어야 하고, 완전히 맨정신으로 살아야 하고, 나의 프로그램을 잘 따라야 한다. 내 삶에서 맨정신으로 살아야 한다. 예. 와! 정말 좋은 뒤바꾸기네요.

케이티 이제 다른 뒤바꾸기를 해 보세요. "그는…"

마가렛 아아. 예, 이 뒤바꾸기도 좋네요. 그 애는 이 병이 있어도 되고, 완전히 맨정신으로 살지 않아도 되고, 치료 프로그램을 잘 따르지 않아도 된다. 그 애는 내 삶에서 맨정신으로 살지 않아도 된다… 마지막 뒤바꾸기는 말하기는 쉽지만, 만약 그 애가 실제로 밖에 나가서 다시 마약을 한다면, 내겐 힘든 일이 될 것 같아요.

케이티 오, 거기엔 계획이 있군요. "나는 그런 계획을 할 거라고 생각해." (마가렛이 웃는다.) 당신의 계획을 알고 싶다면, 마음을 살펴보세요. 그러면 마음이 보여 줄 겁니다. "그건 힘든 일이 될 거야." 거기에 계획이 있습니다.

마가렛 알겠습니다.

케이티 예, 다음 문장은요?

마가렛 그 애는 사랑스럽고, 열정적이고, 슬퍼하고, 일상생활을 하는 법을 모르고, 혼란스러워하고, 두려워하고, 친절하고, 현명하고, 똑똑하고, 엄청 웃기고 재미있다.

케이티 예. 그러니 아드님을 무척 사랑하지 않을 수 없겠죠.

내가 만약 "내 딸이 없으면 어떻게 살아야 할지 모르겠어"라고 생각한다면, 그건 거짓말입니다. 머지않아 화장실에도 가야 하고, 뭔가를 먹어야 합니다. "그 애가 없으면 어떻게 살아야 할지 모르겠어"? 아니, 나는 압니다. 그러니 이건 거짓말이에요. 우리를 미치게 하는 건 우리의 생각들입니다. 자녀의 상실도 아니고, 죽음도 아니고, 삶 자체도 아닙니다. 삶에 대한 우리의 생각들—그것은 맨정신의 결핍이고, 그것만이 맨정신의 결핍입니다. 우리에게 스트레스 주는 생각들—그 생각들에 질문을 하기 전까지, 우리는 취해있습니다.

자, 다음 문장을 볼까요?

마가렛 나는 앞으로 다시는 그 애가 길거리에서 생활하도록 놓아두고 싶지 않다. 그 애가 살아 있는지 어디가 아픈지 걱정하고 싶지 않고, 어디에 있는지 모르고 싶지 않다.

케이티 "나는 기꺼이…"

마가렛 나는 기꺼이… 휴우! 좋아요, 이젠 말할 수 있겠어요. 나는 기꺼이 다시 그 애가 길거리에서 생활하도록 놓아두겠다.

케이티 아드님이 길거리에서 생활하는 모습을 오늘 몇 번이나 떠올렸나요?

마가렛 몇 번 그랬어요.

케이티 그런데 그때 아드님은 맨정신이었어요! 그게 바로 (양식) 6번 항목의 역할입니다. "나는 기꺼이 그가 길거리에서 생활하도록 놓아두겠다"—당신은 이미 그렇게 하고 있었어요! 길거리에서 생활하는 그의 모습을 떠올릴 때마다 당신은 그를 길거리에 두고 그걸 느낍니다. 그리고 걱정하게 되고 슬퍼지고 스트레스를 받습니다. 그저 알아차리세요. 그가 자기를 길거리에 두는 게 아니라, 당신이 그를 길거리에 두고 있다는 것을…. 그러니 그냥 알아차리고, 미소를 짓고, 현실로 돌아오세요.

마가렛 예.

케이티 좋습니다. "나는 기꺼이…"

마가렛 나는 기꺼이 그 애가 길거리에서 생활하도록 놓아두겠다. 기꺼이 그 애가 살아 있는지 어디가 아픈지 걱정하겠다. 기꺼이 그 애가 어디에 있는지 모른 채로 있겠다.

케이티 예. 그 일이 당신의 마음속에서 일어나든 그의 삶 속에서 일어나든 상관이 없습니다—똑같이 괴롭습니다. 그가 맨정신일 때도 당신은 여전히 고통을 받기 때문입니다. 그래서 그 일이 실제 현실에서 일어나든 당신의 상상 속에서 일어나든 당신은 괴로움을 느낍니다. 그런데 그런 감정들을 느끼면, 그때는 다시 생각 작업을 할 때입니다. 그 생각에 질문을 던지고, 뒤바꾸세요.

자, "나는 고대한다…"

마가렛 나는 그 애가 길거리에서 생활하도록 놓아두기를 고대한다… 예.

케이티 그 일은 당신의 마음속에서 다시 일어날 수 있습니다. 현실에서도 다시 일어날 수 있습니다. 그 일이 일어날 때 당신에게는 두 가지 길이 있습니다. 하나는 제정신으로 있는 것이고, 다른 하나는 제정신을 잃는 것입니다. 어떤 쪽이든 삶은 계속됩니다. 그리고 마음도 계속됩니다.

우리는 미신을 신봉하는 원시인과 같습니다. 우리는 "나는 기꺼이 그 애가 길거리에 다시 생활하도록 놓아두겠어. 그러기를 고대해"라고 말하면, 그런 일이 정말 일어날 것이라고 믿어 버립니다. 그런 사고방식은 아주 오래된 것입니다. 하지만 그렇게 말한다고 해서 그런 일이 일어나는 것이 아닙니다. 우리는 그런 믿음 때문에 더 부정하게 됩니다. "오, 난 그런 일은 감히 생각할 수도 없어. 그런 생각을 하면 그 일이 정말 일어나고 말 거야."

나는 말합니다. "미신보다 진실을 우선하세요. 그리고 그 진실을 정면으로 바라보세요." "나는 기꺼이 하겠다, 나는 고대한다." 그런 일이 일어날 수도 있습니다. 그게 인생입니다. 그런 일이 현실에서는 일어나지 않더라도 마음속에서는 일어날 수 있습니다. 어느 쪽이든 괴롭습니다. 그 일이 일어나기를 기다리면서 죽을 때까지 고통을 받는다면, 그게 과연 현명한 걸까요?

그러니 지금 하세요. 삶을 앞서서 살아가세요. 그럼 당신은 준비가 됩니다. 두 팔 벌려 환영하게 됩니다.

나는 신을 사랑합니다. 그리고 나에게는 현실이 신입니다. 나는 신을 사랑합니다.

마가렛 어떤 일이 일어나도요?

케이티 예. 나는 신을 사랑합니다. 그리고 신은 지금 있는 현실입니다. 나는 이혼했을 때 눈물을 흘렸습니다. 그 안의 좋은 점이 분명히 보였기 때문입니다. 이롭지 않은 일은 결코 일어나지 않습니다. 그걸 볼 수 없다면 나는 제정신을 잃고 고통을 받게 됩니다. 왜곡된 마음을 통해서 보고 있기 때문입니다. 그러면 삶의 선물을 놓치게 됩니다.

사람들은 "아름다움에 마음을 열어라"고 말합니다. 그럴 수만 있다면 모두들 그렇게 할 겁니다. 이 생각 작업은 그걸 위한 것입니다. 당신 안에 있는 답들은 질문해 주기를 기다리고 있습니다. 이 네 가지 질문을 하면 그 답들이 살아나서 당신이 이미 아는 것을 깨우쳐 줄 겁니다. 그러면 우리는 아들이나 딸을 잃을 수가 없습니다. 제때가 되기 전에는.

마가렛 그렇군요.

케이티 그렇습니다.

마가렛 어떤 경우에도요.

케이티 어떤 경우에도 그렇습니다. 우리가 아이들을 이용하는 것을 멈출 때, 우리는 그들이 진정 누구인지를 알게 됩니다. 그러면 우리는 진정한 사랑을 알게 됩니다. 의존은 사랑이 아닙니다. 고마워요, 스윗하트.

마가렛 예. 정말 고마워요, 케이티.

4

남편은 나를
떠나지 않았어야 해요

마음이 마음을 만나는 곳, 마음이 더이상
분리되어 있지 않은 곳, 그곳에서 전쟁이 끝납니다.
그곳에서 마음은 완전히 자유롭게 스스로 하고 싶은 것을
하고 창조할 수 있습니다.

사람들은 오고 갑니다.

그들이 해야 한다고 믿는 것들을 하면서….

우리가 다뤄야 하는 대상은

그들이 아닙니다.

조이스 나는 던컨에게 화가 난다. 왜냐하면 그는 16년간의 결혼생활을 뒤로하고 나를 떠났기 때문이다.

케이티 "그는 나를 떠났다"—그게 진실인가요?

조이스 예.

케이티 좋습니다. "그는 나를 떠났다"—당신은 그게 진실인지 확실히 알 수 있나요?

(청중에게) 여러분도 함께 해 보시면 좋겠군요.

(조이스에게) "그는 나를 떠났다"—당신은 그게 진실인지 확실히 알 수 있나요?

그 생각을 놓고 얼마나 오랫동안 앉아 있을 수 있나요? 3일, 4일,

5일? 표면 아래에 있을 수 있는 답이 떠오르길, 당신의 세계를 날려 버리고 당신을 깨어나게 할 깨달음이 떠오르길 기다려 보세요.

조이스 아뇨. 확실히 알 수는 없습니다.

케이티 그 '아니요'를 어디에서 발견했나요? 그게 어디에서 나왔나요?

조이스 나를 희생자로 느끼고, 부족하고 하찮게 느끼는 건 나의 패턴일 뿐이죠. 오래된 패턴요.

케이티 그 '아니요' 가 어디에서 나왔나요?

조이스 여기에 관한 생각 작업을 많이 해 봤거든요. 그래서 내가 그를 많이 떠났다는 걸 알아요.

케이티 그러니까 그가 당신을 떠나기 전에 당신이 그를 떠났군요?

조이스 어떤 면에서는, 그래요. 그가 나를 떠나기 전에 내가 그를 떠났죠. 여러 가지 방식으로.

케이티 그러니까 당신이 그를 떠났군요. 훌륭하네요. 이걸 훌륭하다고 하는 이유는 당신이 그 사실에 깨어 있기 때문입니다. 그걸 알아차리면 다른 사람들과의 관계에서는 그렇게 살 필요가 없습니다.

조이스 그렇게 살 필요가 없다고요?

케이티 예, 당신이 그걸 알아차리고 있으니까요. 자신의 패턴을 알아차리고 그 패턴들에 대해 깨어 있을 때 우리는 같은 실수를 반복하지 않는 경향이 있습니다. 그리고 다시 반복할 때 우리는 그 패턴들을 알아차립니다. 그러면 모든 것이 변합니다.

조이스 그동안 그 때문에 나 자신을 비난해 왔어요. 사실 그이보다 나 자신을 더 많이 비난했죠.

케이티 남편에 관해 얘기하는 동안 그가 마음의 눈에 보이나요? (잠시 후) "그는 당신을 떠났다"—그게 진실인가요?

조이스 아니에요.

케이티 아닙니다. 그는 당신의 마음속에 있습니다. 당신은 부엌에 있고 남편은 욕실에 있을 때, 그는 어디에서 살고 있었나요?

조이스 내 마음속에서요.

케이티 당신은 방금 욕실에 있는 그의 모습을 상상했습니다. 그는 뒤뜰에 있었을 수도 있습니다. 하지만 당신이 그를 상상하면 그는 당신 안에서 삽니다. 그래서 사람들은 죽을 수가 없습니다. 그들은 살아 있는 동안 (머리를 가리키며) 여기에서 살고, 이른바 죽은 뒤에도 여기(머리)에서, 당신 안에서 삽니다.

그는 더도 덜도 아닌 당신의 상상일 뿐입니다. 두 사람은 한 번도 만난 적이 없습니다. 당신은 결혼하여 16년 동안 함께 살 수 있지만, 결혼한 배우자가 누구인지를 전혀 모릅니다. 그러고는 왜 함께 잘 지내지 못하는지 의아해합니다. 어떤 사람이 "당신은 나를 전혀 몰라요"라고 하면 당신은 "아뇨, 잘 알아요!"라고 말할 수 있겠지만, 사실 그때는 그의 말이 맞을 수도 있습니다.

자, "그는 나를 떠났어"라는 생각을 믿을 때, 그런데 그가 당신의 마음속에서 하루 종일 당신과 함께 살고 있을 때, 당신은 어떻게 반응하나요?

조이스 공포에 사로잡히고, 우울하고…

케이티 외롭죠!

조이스 예.

케이티 그가 당신의 마음속에 있는 동안에는, 그가 주방이나 욕실에 있고 당신이 "그는 욕실에 있어. 그러니 나는 혼자가 아니야"라고 생각할 때도 그가 있는 곳은 당신의 마음속입니다.

"그는 나를 떠났어"라는 생각이 없다면, 그런 모습들이 마음속에 떠오를 때, 당신은 누구일까요? 이건 아주 중요합니다. 이게 바로 사랑의 힘이기 때문이죠. 당신은 마음속에서 그를 보고 있으면서도 "아아아! 그가 날 떠났어"라고 생각합니다.

그래서 그의 모습이 떠오르면, 부엌 싱크대에서 설거지를 하는 동안, 당신은 즉시 슬픔이나 상실감 속에 **빠져** 들거나, 남은 평생을 홀로 살아가는 자신의 모습을 상상하고 그동안 좋았던 시간들과 그가 한 행동들을 떠올립니다. 정말 고통스러운 것은 당신을 떠나는 남편이 아니라, 당신의 마음속을 질주하는 생각들입니다.

그래서 그런 모습이 찾아올 때, 온갖 이야기들 속으로 들어가는 대신 그 방문객에게 가슴을 열면, 다시는 어느 누구도 (나를 떠날 수 없듯이) 당신을 떠날 수 없습니다. 어느 누구도 나와 이혼할 수 없습니다. 그들에게는 그런 힘이 없습니다. (자신의 머리를 가리키며) 여기에는 세 명의 남편이 살고 있는데, 그들은 모두 환영받습니다.

(조이스가 청중과 함께 웃는다.) 그리고 한 명씩 마음에 떠오를 때마다, 나는 깊은 감사를 느끼며 웃습니다. 그들이 어떻게 그걸 용인하는지 놀라울 뿐입니다.

"그는 나를 떠났다"는 생각이 없다면, 당신은 누구일까요?

조이스 그 순간 내가 하는 일을 하면서 그 순간에 머무를 것 같아요. 나 자신이 더 힘이 있다고 느낄 거예요.

케이티 눈을 감고 자신을 바라보세요. 그 생각이 없이 살아가는 자신을 보세요.

조이스 그러면 나 자신을 치유하고 나 자신을 돌보는 데 훨씬 더 많은 에너지를 쓸 거예요. 그이에게 에너지를 쓰는 대신….

케이티 그가 마음속에 떠오르면 알아차리고, "그는 나를 떠났어"라는 생각이 없이 그의 모습을 보세요. 그가 당신과 하루 종일 어떻게 함께하는지 잘 보세요.

(조이스가 울기 시작한다.) 그를 정말 사랑하는군요, 그렇죠?

조이스 예… 이혼은 생각지도 못했어요. 남편이 그렇게 불행하고, 스트레스를 받고, 빚을 지고 있는지 몰랐죠. 그이는 그런 말을 잘 하지 않았거든요. 영국 남자라서 모든 걸 혼자 속으로 담아 두는 편이죠.

케이티 예.

조이스 그래서 이 워크숍에서 남성분들이 여기 올라와서 눈물 흘리는 모습이 참 아름답게 보였어요. 지난 16년 동안 그이가 우는 걸

한 번도 보지 못했거든요.

케이티 하지만 허니, 당신은 자기를 돌보거나 익숙한 일을 하는 동안, 마음의 눈으로 그를 볼 수 있습니다.

조이스 예, 그런데 그이에 대한 여전한 사랑을 어떻게 다루어야 할지 모르겠어요. 그건 마치 그를 사랑하면서도 미워하는 것 같거든요.

케이티 계속 생각 작업을 해 보세요. 나는 그렇게 다룹니다. 우리가 다루어야 할 것은 사람이 아니라 생각이니까요. 나는 사람들이 오고 가는 방식을 좋아합니다. 만약 우리가 자유롭고 싶고 사람들을 조건 없이 사랑하고 싶다면, 그것은 우리에게 남은 과제가 무엇인지를 보여 줍니다. 우리는 분명 자유와 사랑을 원합니다. 우리에게 가장 편안한 자리는 그곳이기 때문입니다. 그럴 때 사람들이 오고 가는 것은 아주 좋은 일이 됩니다. 우리가 무엇에 관해 생각 작업을 해야 할지 알게 되니까요.

"그는 나를 떠났다"—뒤바꿔 보세요.

조이스 나는 그를 떠났다.

케이티 그 일이 어떻게 시작되었는지 얘기해 보시겠어요?

조이스 그이는 뭔가에 관해 얘기하려고 했고, 나는 함께 상담을 받아 보려고 애쓰던 중이었어요. 그땐 생각 작업을 몰랐죠.

케이티 좋은 일이네요. 그러지 않았다면 그는 떠나지 못했을 테니까요. 내 말은, 모든 일은 일어나는 대로 일어나야 하고, 그래서 모든 일은 일어나야 하는 대로 일어난다는 거예요. 조건들이 완벽했기 때문에 그는 당신을 떠날 수 있었고, 당신은 이렇게 생각 작업을 할 수 있게 되었죠.

조이스 둘 다 가질 수는 없나요?

케이티 없습니다. 당신의 길에서는요.

조이스 예, 그런 것 같아요. 지금 현실이 그렇지 않으니까요. 이게 현실이네요.

케이티 당신의 길이 당신에게 무엇이 필요한지 보여 줍니다. 그것은 남편이었습니다. 그래서 그가 당신과 대화를 하려고 했는데, 그 뒤무슨 일이 있었죠? 당신은 그의 말을 귀 기울여 듣지 않았나요?

조이스 예, 귀 기울여 듣지 않았어요. 내겐 어떤 믿음들이 있었거든요. 그이는 "여보, 돈을 너무 많이 쓰지는 말아요"라고 말하곤 했죠. 나는 그이가 그렇게 많은 빚을 지고 있는지 몰랐어요. 그이에게 일주일에 한 번씩 금전적인 상태에 관해 얘기를 나누자고 제안했어요. 우리가 처한 상황을 알기 위해서였죠. 그이는 그러고 싶어하지 않았고, 한 달에 한 번씩 하자는 제안도 거절했어요.

케이티 좋아요. 그럼 지금 여기서 그 대화를 시작해 보죠. 당신이남편의 역할을 하세요. 나는 그의 이야기를 귀 기울여 듣는 사람, 그를 떠나지 않는 사람의 역할을 하겠습니다.

(조이스 역할) "어서 와요, 여보."

조이스 (남편 역할) "응."

케이티 "내가 알뜰시장에서 사 온 물건들 좀 보세요."

조이스 "우린 더 많은 물건이 필요하지 않아요. 이미 가진 물건으로 충분하니까. 그런 물건들을 왜 또 사는 거죠? 그 모든 걸 다 어디에 두려고 그래요?"

케이티 "아주 좋은 질문들이네요. 아, 이런! 한번 볼게요. 내게 정말 필요한 게 있는지."

(그녀 자신으로 돌아와서) 당신에게 정말 필요했던 게 하나라도 있었나요?

조이스 (그녀 자신으로 돌아와서) 별로 그렇진 않았어요. 지금 돌이켜 보면요.

케이티 그럼 남편의 말이 맞았네요.

조이스 그이 말이 맞았어요.

케이티 그 모든 걸 다 어디에 두려고 그래요? 그는 좋은 질문을 했는데, 당신은 자기의 생각에 빠져서 그를 떠났습니다. 마땅히 그래야 했죠. 그때 당신이 있던 자리는 그곳이었으니까요. 자, 계속 해볼까요? 돈에 관해서.

조이스 (남편 역할로 돌아와서) "알다시피 우린 지금 돈이 그리 많지 않아요. 그렇지만 그 문제에 관해 얘기하고 싶진 않군요."

케이티 "좋아요. 그 문제에 관해 많은 얘기를 할 필요는 없죠. 당신의 말을 들어 보면, 우리에겐 지금 돈이 별로 없다는 거군요. 그럼 내가 알뜰시장에서 돈을 쓰지 말고 아껴야 했나요?"

조이스 "그 얘긴 하고 싶지 않아요. 그렇게 쓸 만한 돈이 없다는 것만 알아 둬요. 그런 물건이 필요하지는 않잖아요. 지금 있는 것만으로도 충분해요."

케이티 "당신 말이 맞아요. 우린 이게 필요하지 않아요. 그래요, 우린 지금 이대로도 충분하죠. 무슨 말인지 알겠어요. 우리에게 돈이 별로 없다고 했는데… 내가 구체적으로 얼마 정도를 쓰면 괜찮을까요?"

조이스 "당신 돈은 당신이 쓰도록 해요. 얼마가 됐든 당신이 일해서 번 돈을 써요."

케이티 "아, 그거 좋네요. 고마워요. 그렇게 하는 게 좋겠어요."

조이스 "만약 당신이 그렇게 바뀌지 않으면, 우린 이혼해야 할지도 몰라요."

케이티 "난 이혼하고 싶지 않아요. 그러니까 내가 버는 돈만 쓸게요. 이렇게 대화하니까 좋네요. 당신의 마음이 열려 있는 게 나는 참 좋아요. 당신은 분명하게 알려 주거든요."

조이스 (그녀 자신으로 돌아와서) 아, 저도 그렇게 말했더라면 얼마나 좋았을까요?

케이티 당신은 그렇게 말하지 않았죠. 당신의 관념들이 남편의 말을 무시하고 있었으니까요.

(조이스가 흐느끼기 시작한다.) 허니, 나를 보세요. 당신이 남편에게 그렇게 한다면, 다른 모든 사람에게도 그렇게 한다는 말입니다. 그럴 때는 자기 자신의 지혜도 무시하고 있습니다. 남편의 말에 귀를 기

울이지 않았다면, 자기 자신의 지혜에도 귀를 기울이지 않은 겁니다.

자, 계속 앞으로 나아가 볼까요? 과거 속으로 들어가서 "내가 그때 그렇게 말했더라면" 하며 후회만 하고 있으면 지금 다시 시작할 수 없으니까요. 자리에 앉아서 그걸 경험하며 몇 시간이고 울고 울고 또 우는 것도 좋습니다. 그 후 거기에서 빠져나오면 다시 시작하게 됩니다. 그리고 그렇게 흐느끼는 동안, 떠오르는 생각들을 눈물을 훔치며 적어 보세요. 당신의 손은 저절로 종이 위를 달리며 생각을 적어 나갈 겁니다. 말이 안 되는 것 같지만, 그것이 당신에게 삶을 되돌려줄 수 있습니다. 그리고 그게 정말 말이 안 되는 걸까요? 아니요, 그렇지 않습니다. 그냥 모든 걸 다 적어 보세요. 당신에게서 쏟아져 나올 거예요.

"그는 나를 떠났다"—또 다른 뒤바꾸기를 찾을 수 있나요?

조이스 나는 나를 떠났다.

케이티 나는 나를 떠났다. 예. 어째서 이 뒤바꾸기가 당신의 삶에서 진실일 수 있는지 세 가지 예를 찾아보세요.

조이스 음, 나는 내 삶을 남편한테 맞춰서 살았어요. 그이의 친구들이 곧 내 친구들이었죠. 나의 옛 친구들과는 다 연락을 끊고 지냈어요. 함께 어울리던 영적인 친구들이 있었는데 그 친구들과도 그랬죠.

케이티 그러니까 당신의 삶을 완전히 남편의 삶과 맞바꾸었군요.

하나의 예를 찾았네요.

조이스 그리고 내가 일해서 얼마를 벌든 전부 그이의 사업 자금으로 썼습니다.

케이티 좋습니다. 두 번째 예군요.

조이스 나는 그이가 하와이 마우이 섬에 2에이커나 되는 땅을 살 줄 몰랐어요. 우리는 그걸 살 만한 여유가 없었거든요. 그래서 큰 빚을 지게 되었죠. 그때 나는 막 수술을 앞두고 있을 때였어요… 그때문에 우리는 경제적으로 큰 타격을 입었고, 그래서 그걸 팔아야만 하죠.

케이티 스윗하트, 그건 아주 재미있고 흥분되는 상황 같은데요?

조이스 그리고 이제 와서 그이는 다 내 탓이라고 합니다.

케이티 나라면 그의 말이 어디에서 맞을 수 있는지 살펴볼 겁니다. 좋아요, 그래서 (낙담한 목소리로) "우린 마우이의 땅을 팔아야 해." 이 뒤바꾸기가 들리는지 한번 볼까요? (신나는 목소리로) "우린 마우이의 땅을 팔아야 해."

조이스 (청중과 함께 웃으며) 이 땅 사실 분 계신가요?

케이티 좋습니다. 다음 문장을 볼까요?

조이스 나는 지금 이혼하면 내겐 저축해 놓은 돈이 한 푼도 없고 종일 일할 능력도 없다는 것을 던컨이 깨닫길 원한다.

케이티 좋습니다. "내게는 종일 일할 능력이 없을 것이다"—그게 진실인가요?

조이스 예. 지금은 그럴 능력이 없습니다.

케이티 그렇군요. 당신은 요즘 하루 종일 뭘 하나요?

조이스 생각 작업을 해요! 늘 하는 건 아니지만요.

케이티 예, 그렇군요.

조이스 그리고 나의 건강과 고양이를 돌보고 있고, 우리가 16년 동안 소유해 온 집을 관리하고 있죠. 세입자들도 있어서 잘 관리하려고 노력하는 중이에요.

케이티 그러니까 정리해 보면, 당신은 생각 작업을 하고 있고, 세입자들을 관리하고 있고, 집을 관리하고 있고, 몸도 회복시키고 있군요. 그런데도 당신이 종일 일하고 있지 않다는 말인가요?

조이스 종일 일하고 있네요.

케이티 그럼 "나는 나를 부양하기 위해 종일 일할 능력이 없을 것이다"—그게 진실인가요? 당신의 답은 '아니요'입니다. 당신은 종일 일을 할 수 있을 뿐만 아니라, 그렇게 합니다!

조이스 음, 나는 이혼 수당을 받을 수 없어요. 그래서 모든 수입이 부동산에서 나와야 하죠. 그리고…

케이티 "나는 이혼 수당을 받을 수 없다"—그게 진실인가요? 누가 그렇게 말했나요?

조이스 내 변호사가요. 하와이는 상대방의 귀책사유 없이도 이혼할 수 있는 주(州)이고, 그이가 돈이 별로 없어서 앞으로 5년간은 이혼 수당을 주고 싶지 않다고 합니다. 그이는 도급업자라서…

케이티 지금 당신은 그가 원하는 것과 원하지 않는 것을 얘기하고 있습니다. "나는 이혼 수당을 받을 수 없다"—그게 진실인가요?

조이스 (잠시 후) 받을 수 있어요. 내가 집을 포기하면요.

케이티 그럼 "나는 이혼 수당을 받을 수 없다"—그게 진실인가요? '예'인가요, '아니요'인가요?

조이스 아니요.

케이티 아주 좋아요! 생각 작업을 할 때는 자기 자신을 꼭 붙들고서 어떤 느슨함도 허용하지 않는 게 좋습니다.

"나는 이혼 수당을 받을 수 없다"—그게 진실인가요? 당신의 이야기로 빠져들 때 그리고 자신에게 정직하지 못할 때, 그에게는 어떤 식으로 정직하지 못했는지 알아차려 보세요. 자신의 목소리를 들어 보세요. 어떻게 해서 그가 하는 말에 귀 기울이지 못했는지…. 당신이 그와 결혼해서 함께 사는 것은, 당신이 살아가는 것은 성장하고, 자유롭게 살고, 한정되지 않는 삶을 살기 위해서입니다. "나는 이혼 수당을 받을 수 없다"—그 생각을 믿을 때 당신은 어떻게 반응하나요?

조이스 두렵고, 잠도 못 자고, 미래에 관해 걱정합니다.

케이티 "나는 이혼 수당을 받을 수 없다"는 생각이 없다면, 당신은 누구일까요?

조이스 경제적으로 자기를 부양할 방법을 찾기 위해 부지런히 행동하는 사람일 거예요.

케이티 또는 최소한 밤에 더 편안히 잠을 자는 사람이겠죠.

조이스 그러면 아주 좋겠죠.

케이티 정말 그럴 거예요.

조이스 예, 그동안 수면제를 먹고 잠을 잤거든요. 전에는 한 번도 이런 적이 없었어요.

케이티 "나는 이혼 수당을 받을 수 없다"는 생각이 없다면, 당신은 누구일까요? 사실 당신의 가정에서 달라진 것은 아무것도 없습니다. 당신의 생각 말고는.

조이스 그러고 보니 대부분의 비용을 그이가 지불했네요.

케이티 당신의 생각은 거기까지 미치지 못했습니다. 더 분명히 얘기해 보죠. 당신은 집에 있습니다. 침대 위에 있습니다. 부엌에 있습니다. 당신의 물건들과 함께 있습니다. 전에 남편이 집에 있거나 시장에 가고 없을 때도 당신이 그랬듯이…. 그러니 당신의 생각 말고는 아무것도 바뀐 게 없습니다. 당신의 생각 말고는 그 가정에서 달라진 게 하나도 없습니다.

조이스 머리로는 알겠는데 피부에 와닿지는 않는군요.

케이티 괜찮습니다. 앞으로 평생 이 생각을 살펴볼 수 있으니까요.

조이스 그렇게나 오래 걸리지는 않으면 좋겠어요.

케이티 음, 그 여행을 즐기세요. 중요한 것은 결과가 아니니까요. 이것은 여행입니다. 자, "나는 이혼 수당을 받을 수 없다"—뒤바꿔 보세요.

조이스 나는 이혼 수당을 받을 수 있다.

케이티 여기에 관해 말씀해 주세요.

조이스 음, 이혼 수당은 기본적인 생활비입니다. 사회보장보험에서 조금 나오는 게 있습니다. 그리고 내가 모자를 만들 줄 알아서 홈페이지를 만들고 전단지를 800장 돌렸는데, 주문이 3건 들어왔어요. 그런데 주문 받은 게 3개니까…

케이티 그런데 이혼 수당은 어떻게 받을 수 있나요?

조이스 직접 받는 이혼 수당 말인가요?

케이티 예.

조이스 집을 포기하면요. 집을 팔면 이혼 수당을 받을 거예요.

케이티 예.

조이스 하지만 내가 선호하는 건 집을 팔지 않고 세를 놓는 거예요.

케이티 그럼 그도 당신에게 이혼 수당을 주지 않으려 하고, 당신도 자신에게 이혼 수당을 주지 않으려 하는군요. 두 분은 완벽하게 잘 맞네요!

조이스 (웃으며) 예, 그런 공통점이 있긴 하네요. 어쨌든 노력은 해 보고 싶어요. 그럴 수 없으면 집을 팔아야겠죠. 그때까지는 세를 놓고 부동산으로 갖고 있는 집 두 채를 관리할 계획이에요.

케이티 그런데 이건 당신이 선호하는 방식입니다. 그걸 알아차리는 게 중요합니다. 그러면 두 사람이 잘 화합하면서 같은 방식으로 생각할 수 있으니까요. 그럴 때 당신은 이 문제로 원망하는 대신,

"우린 정말 의견이 일치해!"라고 말할 수 있습니다.

조이스 사실, 집을 팔려고 하는데 매수자 때문에 자꾸 연기가 되고 있어요. 매수자의 집이 먼저 팔려야 우리 집을 구입하는 계약 조건이라서 그렇죠. 그리고 남편의 태도가 꽤 바뀌었어요. 내가 자기 덕에 편하게 살았고 자기 걸 다 **빼앗아** 가려 한다는 등의 말을 하더군요. 그러던 어느 날 이혼 조정에 관해서 언성을 높이다가, 그 자리에서 나의 첫째 믿음인 "그이는 나를 떠나려 한다"에 관해 소리 내어 생각 작업을 했어요. 그이는 잠자코 듣더군요. 전에는 생각 작업에 관해 들으려고 하지도 않았거든요. 계속 생각 작업을 했어요. 그 뒤 방금 우리가 한 뒤바꾸기, "나는 그이를 떠났다"를 하게 되었죠. 내가 어떻게 그이를 떠났는지 들려주었습니다. (눈물을 흘린다.) 그는 조용히 있었어요.

그리고 며칠 뒤 그의 제안이 극적으로 바뀌었어요. 주택담보대출을 받아서 집을 보유할 수 있도록 말이죠. 그건 정말 놀라웠어요. 내가 여기 오는 것도 적극적으로 지지해 주었고요. 나는 여기 오는 비용을 부담했고 그는 나를 지지해 주었죠.

케이티 두 분이 함께 당신을 지지하는군요. 두 분이 그런 공통점을 가지고 있어서 참 좋네요. 다음 문장을 봅시다.

조이스 던컨은 자신의 불행, 두려움, 빚에 관해 분명히 얘기하지 않은 채, 우리의 관계를 치유하려는 노력도 하지 않은 채 나를 떠나지 말아야 했다.

케이티 "그는 나에게 분명히 얘기하지 않았다"—그게 진실인가요?

조이스 내가 분명히 듣지 않았어요.

케이티 당신은 알뜰장터에 갑니다. 집에 옵니다. 그는 기분이 상해서 당신에게 얘기합니다. "우린 이런 것들이 필요하지 않아요." 그는 아주 분명하게 얘기하고 있습니다. "우리는 이걸 살 여유가 없어요." 분명합니다.

그와 결혼생활을 하는 동안 "그는 분명히 얘기하지 않아. 영국인이니까"라는 생각을 믿을 때, 당신은 어떻게 반응하나요?

조이스 (웃으며) 못되게 대해요. 심리 상담을 받아 보게 하려고 하죠. 그이에게 무슨 심리적인 문제들이 있는지 끄집어내 보려고 하고요.

케이티 오, 그거 참 유쾌했겠네요. (청중이 웃는다.)

조이스 (웃으며) 그를 위해서가 아니었어요. 예, 유쾌한 일이 아니었죠. 아주 심하게 싸운 적도 몇 번 있어요. 주로 지난 3년 동안, 내 건강이 나빠지면서요. 그 전까지는 사이가 정말 좋았죠.

케이티 나라면 그 생각에 관해서도 질문해 볼 겁니다. 몸에 육체적인 변화가 있다면 그 변화를 겪어 내는 과정도 즐거운 여정일 수 있습니다.

자, "그는 분명히 얘기하지 않았다." 눈을 감고, 떠오르는 이미지와 그림들을 보면서 계속 얘기해 주세요. "그는 분명히 얘기하지 않아"라는 생각을 믿을 때, 당신은 어떻게 반응하나요? 그를 심리치료사에게 데려가고 싶어 하는 자신을 보세요. 그리고…

조이스 그땐 그게 그의 잘못, 그의 문제 때문이라고 생각했어요. 내게도 문제들이 있었는데, 보지 않으려 했죠.

케이티 그에게 뭐라고 말했는지 보세요. 그를 어떻게 대했는지 바라보세요. 그가 원하지 않는 걸 분명히 얘기했을 때를, 당신이 그걸 어떻게 무시했는지를 보세요. 그의 얼굴을 바라보세요. 잘 보세요. "그는 분명히 얘기하지 않아"라는 생각을 믿을 때, 당신은 그렇게 반응합니다. (조이스가 흐느낀다.)

스윗하트, 똑같은 장면을 지켜보세요. 그런데 이번에는 "그는 분명히 얘기하지 않아. 그는 분명히 얘기해야 해"라는 생각이 없다면 당신이 누구일지 보세요. 자, 눈을 감고, 그와 함께하는 삶을 지켜보세요.

조이스 완전히 다를 거예요. 그이의 말에 귀를 기울이고, 그이를 존중할 거예요.

케이티 예. 그가 치료받으러 가기 싫다고 했을 때, 그를 잘 보세요. 어떤 상황이건 그를 잘 보세요. "그는 분명히 얘기해야 해"라는 이야기가 없는 당신은 누구일까요?

조이스 그럼 그이에게 보이는 문제점들이 나 자신에게서도 보일 거예요. 부동산을 사고, 도박을 하고… 그 수많은 것들, 그건 그냥 나의… (한숨을 쉰다.)

케이티 이제, 얘기하고 있는 그를 보세요. 당신의 이야기를 내려놓고 그를 보세요.

조이스 내가 영국인처럼 느껴지네요. (청중이 웃는다.)

케이티 그래서 "그는 분명히 얘기하지 않는다"—뒤바꿔 보세요.

조이스 그는 분명히 얘기한다.

케이티 예. 부동산을 살 때도 어쩌면 그가 그다지 확신하지는 못한 것 같다는 느낌이 드는군요.

조이스 예. 실은 내가 그이에게 부동산을 사라고 강하게 권유했어요. 부동산에 투자하라고…. 그 뒤에 나는 통증이 심해져서 아무것도 할 수 없었죠. 그래서 그이는 혼자서 알아보려 다녔고 고객이랑 어떤 부동산을 발견했는데, 둘 다 거기에 반해 버렸더군요. 나는 그이에게 "지금은 부동산을 사기에 좋은 때가 아닌 것 같아요. 내가 수술을 앞두고 있기도 하고요"라고 했어요. 그런데 그이는 어떤 사람에게 "여긴 내가 꿈꾸던 곳입니다. 이곳은 내 고향 같아요"라고 말하고 있더군요. 그래서 그이를 지원해야겠다고 생각했어요. 그이가 나를 지원해 주니까요. 그래서 계약서에 서명을 했습니다.

케이티 그럼 당신이 계약서에 서명을 했군요. 그렇게 한 동기는 무엇이었나요?

조이스 남편을 지원해 주려고요. 그이가 이 땅을 원했으니까요.

케이티 만약 당신이 서명하지 않았다면 어떤 일이 일어났을까요? 옳은 결정이 아니라고 생각해서 그랬다면요?

조이스 그이가 그 땅을 사지 않았을 거예요.

케이티 그럼 누가 그 땅을 샀나요?

조이스 우리가 샀어요.

케이티 '우리'를 내려놓으세요. 당신이 없었다면 그는 그렇게 할 수 없었습니다.

조이스 내가 했어요. 맞아요.

케이티 "나는 남편을 지원해 주기를 원했다"—뒤바꿔 보세요.

조이스 나는 남편이 나를 지원해 주기를 원했다. 예. 그는 유능한 도급업자니까요.

케이티 하지만 당신이 서명을 했죠. 그의 지원을 받으려고…. 그러지 말아야 한다는 걸 알면서도요.

조이스 나도 우리 땅을 판 거죠. 서류상으로요. 그 뒤 최종 물건 확인을 앞두고 있을 때, 남편이 집에 와서는 "우리 이혼합시다"라고 하더군요. 그이 사무실의 젊은 여직원과 사랑에 빠졌다면서요. 그녀는 우리 집에 와서 머물렀는데, 그녀가 떠나기 직전에 그이가 말했죠. 집을 나가겠다고….

케이티 예. 방금 읽은 문장을 뒤바꿔서 한 번 더 읽어 보세요.

조이스 그이는 자신의 불행에 관해 분명히 얘기하지 않은 채, 우리의 관계를 치유하려는 노력도 하지 않은 채 나를 떠나야 했다.

케이티 예, 그는 그래야 했습니다. 이 뒤바꾸기가 어떻게 해서 원래 문장만큼 진실하거나 더 진실한지 예를 찾아보세요.

조이스 음, 그 일이 실제로 일어났으니까요.

케이티 그리고 또 무슨 이유로 그게 진실인가요? …왜냐하면 그가 말을 하려고 할 때면 당신이 그의 말을 무시하기 때문입니다.

조이스 …예. 맞아요. 나는 그이의 말을 무시합니다.

케이티 그렇게 다시 한 번 읽어 보세요.

조이스 그이는 분명히 얘기하지 않은 채, 우리의 관계를 치유하려는 노력도 하지 않은 채 나를 떠나야 했다. 그런데, 그러면 다 나의 잘못 때문이라고 여기며 나를 마구 책망하게 됩니다.

케이티 오, 맙소사! 당신에겐 생각 작업이 있습니다. 그리고 그건 당신의 잘못이 아닙니다. 그걸 다루는 방법이 있습니다. 예를 들어, 당신이 계약서에 서명을 하고 있던 때, 또는 그가 당신에게 알뜰시장에서 이런 물건들을 살 만한 여유가 없다고—당신에게는 그런 물건들이 필요하지 않으며, 이미 필요한 것들을 다 가지고 있다고—말하지만 당신이 귀 담아 듣지 않던 때를 봅시다. 서명을 하고 있던 때든 알뜰시장으로 가던 때든 내면에서 그곳으로 가 보세요. 좋습니다. 그중에서 지금도 죄책감이 느껴지고 계속해서 자책하게 되는 상황을 찾아보세요… 어느 때인가요? 땅을 사려고 계약서에 서명을 하던 때인가요?

조이스 예.

케이티 자, 눈을 감아 보세요. 그리고 그 당시에 당신이 무엇을 믿고 있었는지 한번 보세요. 계약서에 서명하기 전에 당신이 믿고 있던 것이 무엇인지 보이나요? 좋아요. 그러니 그 순간에 당신이 달리 어떻게 할 수 있었겠어요? 스스로 철석같이 믿고 있는 걸 보고 있는데, 어떻게 그러지 않을 수 있었겠어요?

조이스 나는 그때 너무 약에, 통증에 파묻혀 있었던 것 같아요. 통증 때문에 진통제를 먹고 있었거든요.

케이티 그것과는 아무 상관이 없습니다.

조이스 아무 상관이 없다고요?

케이티 세상 사람들은 상관이 있다고 말할 겁니다. 그런데 나는 지금 그때로 돌아가서, 계약서에 서명하기 직전에 믿고 있던 생각을 바라보라고 요청하고 있습니다. 당신이 그런 생각을 믿고 있는데 어떻게 달리 행동할 수 있었겠어요?

조이스 (머뭇거리며) 만약 내가 우리는 투자할 필요가 있다고 믿고 있었다면…

케이티 당신이…

조이스 …또는 새 집이 필요하다고 믿고 있었다면? 또는 내가 남편을 지원할 수 있다고 믿고 있었다면? 또는 내가 남편을 지원할 필요가 있다고 믿고 있었다면?

케이티 좋아요. 그렇게 그 모든 생각을 믿고 있었는데, 어떻게 계약서에 서명하지 않을 수 있었겠어요?

조이스 예. 나는 해야 할 일을 했네요… 그런 것 같아요.

케이티 "그런 것 같다"는 빼겠습니다. 내면으로 들어가서 그게 진실인지 한번 보세요. 시험해 보세요. 그 순간 그런 생각들을 믿고 있다면 계약서에 서명하지 않을 도리가 없습니다. 이럴 때 우리는

"할 수 있는 최선을 다한다"라고 말합니다. 그 순간 그런 생각들을 믿고 있는 상황에서, 당신은 정확히 자신이 할 수 있는 최선을 다했습니다. 다른 선택의 여지가 없었어요.

(청중에게) 여러분 중 얼마나 많은 분이 이 여행에 참여하고 있나요? 좋습니다. 이제까지 동참하지 않은 분들을 이 여행에 초대합니다. 하지 말아야 했던 일을 한 순간들을 떠올려 보세요. "내가 왜 그랬을까?" 그렇게 한 이유는 그 순간에 떠오른 생각을 믿었기 때문입니다. 이 말이 이해되지 않는 분 계시나요? 이걸 이해하면 자신에게 잘못이 없음을 알게 됩니다. 자신을 용서하게 됩니다. 한 번도 모자라게 행동한 적이 없는 사람을 경험하게 됩니다—그걸 정말로 이해한다면.

그게 바로 여러분이 삶의 매 순간에 늘 할 수 있는 최선을 다했다는 증거입니다. 모든 순간에…. 그리고 자신의 생각을 믿는 동안에는 그 믿음에 따라 살 수밖에 없습니다. 여러분은 자신의 생각을 믿거나, 아니면 그 생각에 질문을 합니다. 다른 선택은 없습니다. 아주 단순합니다.

(조이스에게) 그러니 우리가 여기에서 지금 하고 있는 것은, 당신이 여기에서 지금 하고 있는 것은 죄책감 없이 100퍼센트 책임을 지는 것입니다. 만약 누가 "당신은 서명하지 말아야 했어요"라고 말하면, 당신은 그저 미소를 지으며 "내가 믿었던 걸 그들도 믿었다면 그들도 서명했을 거야"라고 생각할 수 있습니다. 예, 물론 당신

은 약을 복용하고 있었어요. 그런데 만약 우리가 스스로 책임을 지는 대신 "아, 그건 약 때문이었어요. 그건 사고였어요!"라고 말하며 그냥 넘어간다면, 거기에는 아무런 해결책이 없습니다. 그러니 생각 작업을 할 때는 지금 하듯이 정말 자세히 들여다보세요.

조이스 계속 할까요?

케이티 예, 그게 바로 마음이 하는 일이죠. 끊임없이 계속 이어집니다. 그런데 자신이 생각하는 모든 것을 사랑할 때까지 당신의 생각 작업은 끝난 게 아닙니다.

조이스 그게 무슨 말인가요? 생각들을 소중한 자녀처럼 대하라고 하셨는데, 그런 뜻인가요?

케이티 내 생각들은 나의 소중한 자녀들입니다. 그밖에는 사랑할 것이 아무것도 없습니다. 마음이 모든 것입니다. 그러니 만약 내가 나의 생각들을 사랑하지 않는다면, 그것은 마음이 자신을 사랑하지 않는다는 것, 자신을 이해하지 못한다는 것입니다. 그것은 자신을 만나지 못하는 마음입니다. 마음이 마음을 만나는 곳, 마음이 더이상 분리되어 있지 않은 곳, 그곳에서 전쟁이 끝납니다. 그곳에서 마음은 완전히 자유롭게 스스로 하고 싶은 것을 하고 창조할 수 있습니다.

조이스 우리가 질문할 때는….

케이티 마음이 자유로울 때는…. 하지만 당신이 스트레스를 주는 믿음에 갇혀 있을 때는 마음이 그곳에 갇혀 있게 됩니다. 그러면 마음은 이건 약 때문이야, 그 사람 때문이야, 이건 사고야, 라는 생각을 증명하느라 평생을 보내야 합니다. 그리고 마음은 결코 증명될 수 없는 것들을 증명하는 데 갇혀 버립니다.

그래서 자신이 믿고 있는 생각에 질문을 할 때, 마음은 자유로워지고, 더이상 자신과 전쟁을 벌이지 않게 됩니다. 그리고 마음은 무한합니다. 천재라는 말로도 표현할 수가 없습니다. 하지만 우리는 백악기의 공룡들처럼 "그는 날 배려하지 않아. 그녀는 이렇게 해야 해. 그는 저렇게 해야 해"와 같은 생각에 갇혀 있습니다. 그런 다음 그걸 증명하려 하고 사람들을 우리 말에 동의하게 만들려 하며, 만약 그들이 동의하지 않으면 그들에게 화를 내고 우리 말에 동의할 사람들을 찾습니다. 그리고 우리는 종교들을 갖고, 믿음 체계를 세우며, 그 뒤 그것들이 먹히지 않으면, 그 뒤 다시…

다음 문장을 봅시다.

조이스 던컨은 우리의 다른 부동산을 팔아서 내게 충분한 돈을 마련해 주고 추가 담보대출을 받아 내 집을 지키도록 해 줄 필요가 있다.

케이티 예, 뒤바꿔 보세요.

조이스 나는 우리의 다른 부동산을 팔아서 내게 충분한 돈을 마련해 주고 추가 담보대출을 받아 내 집을 지키도록 해 줄 필요가 있다.

케이티 예. 그게 지금 당신이 할 일입니다. 그 부동산이 잘 팔릴 수 있도록 최선을 다해 관리하세요. 아까 듣기로 그에게 매매가 미뤄지고 있는 다른 부동산이 있다고 했는데, 당신 생각은 어떤가요? 그건 당신의 재산이기도 합니다. 하지만 이대로도 당신에게는 괜찮은 것 같군요. 당신이 현재의 상태를 바꾸려는 행동을 제대로 하지 않은 걸 보면요.

조이스 흐음. 내가 이 상태를 바꾸려는 행동을 제대로 하지 않았다고요?

케이티 예. 당신은 그걸 조건 없이 즉시 구매할 수 있는 사람한테 팔기 위한 행동을 하지 않아요.

조이스 부동산 중개인에게 다른 매수인도 알아보라고 부탁은 했는데…

케이티 당신이 주인입니다. 그러니 매일 전화를 해서 "다른 매수 제의 들어온 게 있나요? 광고는 내고 있나요? 우리가 어떻게 하면 좋을까요? 내가 도울 건 없을까요?"라고 물어볼 수도 있습니다.

조이스 좋은 생각이네요.

케이티 인터넷에도 광고해 보세요.

조이스 온라인 벼룩시장에 낼 수도 있겠네요.

케이티 예. 다른 매수인도 찾아보세요. 당신은 부동산을 어떻게 해야 하는지 알고 있습니다. 부동산을 사면 그 분야에 눈을 뜨게 되죠! (모두들 웃는다.)

다음 문장을 봅시다.

조이스 던컨은 차갑고, 잔인하고, 겁쟁이고, 배신자다.

케이티 뒤바꿔 보세요.

조이스 나는 차갑고…

케이티 그와 그가 하는 말에 관해서는 그렇죠.

조이스 예. 나는 잔인하다… 나 자신에게. 예, 맞아요.

케이티 이제 당신의 생각 작업은 구체적으로 어디에 문제가 있었는지 발견하고, 사과하고, 바로잡는 것입니다.

조이스 그이에 관해, 그리고 나 자신에 관해서요?

케이티 예. 그리고 지금 우리는 그곳으로 들어가고 있습니다. 그곳에서는 삶이 아주 재미있고 흥분됩니다. 그곳에서 당신은 사과를 하고, 그걸 경험하고, 어떻게 바로잡을 수 있을지 물어보고, 그걸 바로잡기 위해 할 수 있는 모든 것을 합니다. 그것은 놀라운 여행입니다.

조이스 그이와 지금까지 그렇게 해 왔어요.

케이티 음, 그와는 좀 더 할 일이 남아 있습니다. "내가 그 계약서에 서명했어요. 내가 그렇게 했어요. 당신이 그 때문에 곤란을 겪고 있다면 진심으로 사과할게요. 나는 당신이 날 지원해 주길 바랐어요. 그 계약서에 서명하지 않으면 지원받지 못할까 봐 두려웠죠. 그런데 사실 그건 효력이 없는 보험증권 같았어요. 어쨌든 당신은 날 떠났으니까요."

좋습니다. 다음 문장은요.

조이스 나는 겁쟁이다.

케이티 예, 당신은 스스로 부양할 수 없다고 생각합니다. 사실은 잘 하고 있는데도요.

조이스 예. 지금은 많은 두려움에서 빠져나오고 있는 것처럼 느껴지네요. 신체적으로, 경제적으로 스스로 자립하는 것에 대한 두려움, 대출금과 세입자들을 관리하는 것에 대한 두려움에서요. 사실은 그 모든 일을 내가 하고 있는 것 같은데요.

케이티 '것 같다'는 빼겠습니다. 당신이 그 일들을 하고 있어요!

조이스 (웃으며) 예. 정말 좋네요! 이 워크숍에서 당신이 날마다 생각 작업을 하는 걸 지켜봤는데, 이제 내가 당신과 함께 생각 작업을 하고 있네요!

케이티 예, 정말로 그렇게 하고 있네요. 다음 말은 뭔가요?

조이스 나는 배신자다.

케이티 당신은 자신을 배신하나요?

조이스 내가 어떻게 나 자신을 배신했는가? 내 말에 귀 기울이지 않음으로써, 그의 말에 귀 기울이지 않음으로써 배신했네요.

케이티 어떻게 해야 할지 알면서도 어떤 동기들 때문에, 두려움에서 나온 동기들 때문에 그걸 무시함으로써 배신했습니다. 마우이에 있는 부동산의 경우처럼 어떻게 하는 것이 옳은지 알면서도 그걸 무시함으로써 배신했죠. 그렇게 하는 것은 당신의 마음에게는 옳은 결정이 아니었습니다. 당신에게는 그걸 살 만한 능력이 없었는데, 그의 사랑, 인정, 호평, 지원을 바라는 동기들로 그걸 무시했어요. 두려움 때문에 무시한 거죠.

다음 문장을 읽어 보세요.

조이스 나는 앞으로 다시는 마음의 괴로움과 고통, 이혼의 과정을 겪고 싶지 않다. 그동안 수많은 서류를 준비해야 했어요. 정말 끔찍한 일이었죠.

케이티 누가 이혼을 원하나요?

조이스 당연히 남편이죠.

케이티 그런데 당신은 왜 모든 서류를 준비하나요?

조이스 음, 내 변호사에게 건네 줄 서류들을 준비해야 하니까요. 만약 내가 법정에 가면… 그이가 그렇게 해야 한다고 협박을 하고 있죠. 이혼 얘기가 나온 첫날부터 나는 법원에 가지 않겠다고 말했어요. 그랬더니 그이는 "내 사업은 건드릴 생각 하지 말아요. 내 사업에는 손도 대지 말아요. 당신은 그럴 권리가 없으니까"라고 하더군요. 나는 정말 최면에 걸린 것 같았고 겁에 질렸어요.

우린 함께 영적인 수련을 한 적이 있어요. 나의 스승님은 "법원에 가지 마세요. 이혼 수당을 요구하지 마세요. 두 부동산을 팔아서 반으로 나누세요. 양육할 자녀가 없으니까요"라고 하더군요. 나는 남편과 영적 스승님의 뜻을 거스르는 행동을 할까 봐 두려웠어요. (흐느끼기 시작한다.) 그렇게 안 하고 다른 선택을 하면 업보를 받게 될 것 같았거든요. 그런데…

케이티 그렇게 되면 그는 자기 사업을 갖게 되고, 당신은 뭘 갖게 되나요?

조이스 그는 사업을 갖게 되고, 그 사업으로 인한 빚의 3/4을 떠안게 돼요. 나는 그이에게 그만큼의 빚이 있는지 몰랐어요. 전혀요. 장부를 보지 않았거든요. 전혀요! 그것도 나 자신을 배신한 예네요.

케이티 그럼 그가 3/4의 빚을 떠맡고 당신이 나머지를 책임지는 건가요?

조이스 그이가 3/4의 빚을 떠맡는데 그건 다른 부동산을 팔아서 갚을 거예요. 그리고 그는 사업을 갖고, 나는 우리가 16년 동안 함께 살았던 집, 내 집에 대한 담보대출금을 갚아 나갈 돈을 받게 됩니다. 그리고 그 돈 중 일부는 이혼 수당으로 사용해야 하죠. 따로 이혼 수당을 받지 않을 거니까요.

케이티 그런데 스윗하트…

조이스 그리고 건강보험… 그이가 건강보험료도 납부해 주겠다고 했어요.

케이티 그런데 스윗하트, 내가 듣기에 당신은 마우이의 땅을 살 때 했던 행동을 이혼 과정에서도 그의 사업에 관해 똑같이 하고 있는 것 같네요.

조이스 서명하는 거 말인가요? 서명해서 넘겨줘 버리는 거요? 음, 이건 내 변호사가 그렇게 하라고 한 거예요. 왜냐하면 그게…

케이티 당신의 변호사는 그의 스승에게 가르침을 받나요? (청중이 웃으며 박수를 친다.)

조이스 그녀는 불독처럼 끈질긴 사람이라고 해요. 그녀가 그렇게 말한 이유는 하와이법이 첫째, 상대방의 귀책사유 없이 이혼할 수 있는 주라는 거고, 둘째…

케이티 하와이에도 부부공동재산 법이 있나요?

조이스 그게 뭔지 모르겠어요.

케이티 두 사람이 집, 사업 등 모든 걸 반반씩 소유하는 걸 말합니다.

조이스 예, 그런 식이에요. 그런데 문제는 남편이 도급업자라는 거예요. 남편은 많은 돈을 감춰 둘 수도 있죠. 내 변호사가 전에 그런 사람들을 상대해 봤는데 일이 아주 복잡하다고 하더군요. 그냥 회계사로는 안 되고 5천 달러에서 만 달러 정도를 주고 전문적인 회계사를 고용해서 장부들을 다 조사해야 하고, 지난 수년간 그가 건축한 걸 실사하고, 앞으로 건축할 수 있는 것까지 추정해야 한다더군요. 법원에서 부인에게 돈을 더 주어야 한다는 판결이 나오면 아예 폐업해 버릴 수도 있다고 해요.

케이티 예, 잘 듣고 있습니다. 그건 안 좋은 소식일 수 있어요. 당신은 그의 사업의 절반을 원하나요? 아닙니다. 당신은 '당신의' 사업의 절반을 원하나요? 당신이 공동으로 소유하고, 그 사업을 키우려고 당신이 번 돈을 남편에게 다 주어 버린 그 사업의 절반을 원하나요?

조이스 변호사가 말하길, 내가 가질 수 있는 거라곤 그의 연장들과

트럭의 절반 정도일 뿐이라고 했어요. 도급업자들과의 이혼은 그렇다고…

예, 솔직히 그중 일부라도 이혼 수당으로 갖고 싶어요. 그러니까 어떻게 그렇게 할 건지에 관해 너무 겁먹지 않고 어떻게든 시도해 보고 싶어요. 이혼 수당을 받든 못 받든 그냥 그렇게 해 보려고요. 그래야 해요.

케이티 음, 내가 아는 건 그 사업의 절반이 당신의 것이라는 겁니다. 그리고 당신이 그걸 원한다면… 그걸 원하든 원하지 않든, 서명을 해서 주어 버리기 전에는 당신 것이죠. 이미 경험을 해 봤으니까 잘 알 겁니다. 마우이 땅을 사려고 계약서에 서명했을 때, 당신은 그때의 생각을 믿었기 때문에 서명을 했습니다. 그러면 안 된다는 것을 알면서도요. 그것은 아름다운 경험입니다. 그리고 이제 당신은 서류 업무가 포함된 이혼 절차를 밟고 있는데, 똑같은 행동을 다시 반복할 건가요? 문제는 그거예요.

조이스 이제 약들을 다 끊었어요. 수면을 도와주는 약만 빼고요.

케이티 당신은 자신을 잘 돌보고 있나요? 아니면 그를 돌보고 있나요? 그가 당신을 좋게 생각하도록 하기 위한 거래로 그렇게 하나요? 그러니까 당신은 그의 호의를 사기 위해 당신의 몫인 사업의 절반을 사용하려 합니다. 지난번에 아무 효과가 없었는데도…. 그냥 그걸 알아차리세요. 그런 식으로 당신 사업의 절반을 그에게 주는 데 서명할 때, 알아차리세요. 그저 그것에 깨어 있으세요. 만약 당신의 동기가 그의 인정이나 스승의 인정, 또는 사회—당신이 동경하는 그의 사회—의 인정을 받고 그들의 마음에 들기 위한 것이라면, 그것을 잘 들여다보세요. 그리고 자신을 지원하세요! 나는 지금 돈에 관해 얘기하는 게 아닙니다. 자신을 지원하세요. 우리가 (기분 좋은, 노래하는 듯한 목소리로) "안녕! 난 정말 네가 좋아! 넌 정말 멋져!"와 같은 말로 당신을 살 수 있는 한, 당신은 희생자입니다. 그럼 당신은 비싼 대가를 치러야 합니다.

조이스 예, 맞습니다.

케이티 나는 종종 말합니다. "자아들은 사랑하지 않습니다. 그들은 뭔가를 원합니다"라고…. 그러니 만약 당신이 내 마음에 들고 싶다면, 내게 뭔가를 주세요. 그리고 일단 준 다음에는 다시 가져가지 마세요.

조이스 음, 내 변호사에 관해 생각 작업을 하게 되면 다른 변호사를 구해서 처음부터 다시 시작해야 할지도 몰라요. (청중이 큰 소리로 박수를 치며 환호한다.)

케이티 정말로 그럴 의향이라면 다른 방법도 있습니다. 그냥 변호사에게 가서 이렇게 말할 수도 있겠죠. "마음을 정했어요. 그건 내 사업이기도 해요. 그리고 난 그걸 원해요. 그 사업의 절반은 내 몫이고, 난 그걸 원해요. 그것도 청구해 주세요. 만약 그럴 수 없다면 그 이유를 분명히 알려 주세요." 그러면 변호사가 요점을 얘기해 줄 겁니다. 그 후 당신은 변호사에게 다른 가능성들에 관해 물어볼 수 있습니다. 이건 다른 접근 방법일 수 있어요.

조이스 변호사 말로는 우리가 소송을 할 수 있는데, 그러면 시간이 걸리더라도 이혼 수당은 받을 수 있겠지만, 아마 부동산은 받지 못할 거라고 하더군요.

케이티 나는 모릅니다. 어느 쪽이든 상관이 없습니다. 그저 당신이 사랑과 인정, 호평을 받기 위해 어디에서 자신을 팔아 버리고 있는지 알아차리길 바랄 뿐입니다. 그 대가는 몹시 비싸다는 걸 알아차리세요. 당신은 이미 그걸 스스로 증명해 보였습니다.

조이스 예, 그랬죠.

케이티 "누가 내 친구들이지?"

"아, 내가 뭔가를 주고 사는 사람들이야."

좋습니다. 마지막 문장이 뭐였죠?

조이스 나는 앞으로 다시는 마음의 괴로움과 고통, 이혼의 과정을 겪고 싶지 않다.

케이티 "나는 기꺼이…"

조이스 나는 기꺼이 마음의 괴로움과 고통, 이혼의 과정을 겪겠다.

케이티 "나는 고대한다…"

조이스 나는 마음의 괴로움과 고통, 이혼의 과정을 겪기를 고대한다.

케이티 예. 당신은 이 일에 관해 더이상 스트레스를 받지 않을지도 모릅니다. 그리고 당신은 그 서류업무를 할 필요가 없습니다. 당신이 그렇게 하는 이유는 경제적으로 자신을 지원하기 위해서입니

다. 당신이 할 일은 자기를 돌보는 것입니다. 스윗하트, 훌륭한 생
각 작업이었습니다.

조이스 감사드려요, 케이티.

5

아버지가
나를 학대했어요

그게 유일한 중독입니다. 언제나 생각이 유일한 중독이었어요.
우리는 이런 개념들에 중독되어 있습니다. 그리고 그 개념들을
이해로 만나는 법을 알지 못하기 때문에 혼란스러워집니다.
우리는 그것들을 놓아 버릴 수 없습니다. 그것들이 현실로
보이기 때문입니다. 그래서 놓아 버리려 해도 그렇게 되지 않습니다.
오직 진실만이 우리를 자유롭게 할 수 있습니다.

그 기억이 당신을 괴롭힙니다.

당신은 그 기억을 놓아 버리고 싶어 합니다.

하지만 당신이 할 일은 그걸 놓는 것이 아니라,

그 기억에 관한 생각들에 질문을 하는 것뿐입니다.

그 생각들에 충분히 깊이 질문을 하면,

그 생각들이 당신을 놓아줍니다.

케이티 자, 스윗하트, 양식에 쓴 걸 들어 볼까요?

스탠 굉장히 떨리네요.

케이티 예, 우리는 여기 앉는 것이 무엇을 의미하는지에 관해 많은 이야기를 갖고 있으니까요. "사람들이 뭐라고 생각할까?" 어떤 분들은 "내가 잘할 수 있을까?"라고 생각합니다. 이런 생각들이 우리 마음속에서 빙빙 돌아갑니다. 내게는 그런 생각이 "아마 생각 작업이 도움이 될 거야"라고 말하는 달콤한 선물로 느껴지는군요. 자, 어떤 생각을 갖고 있는지 한번 보죠.

스탠 이건 과거에 관한 거예요. 그러니 현재의 일인 것처럼 읽을까요?

케이티 아뇨, 쓴 대로 그냥 읽어 주세요. 우리는 시간이나 공간에 개의치 않습니다. 그냥 쓸 뿐입니다. 마음이 그런 걸 상관하나요? 우리가 30년 전이나 40년 전에 일어난 어떤 일을 생각할 때도 그 일은 마치 바로 지금 일어나고 있는 것처럼 느껴집니다. 때로는 냄새까지 맡을 수도 있습니다. 그래서 이 생각 작업이 하는 일이 바로 그것입니다―우리는 과거로 돌아갑니다.

스탠 예, 알겠습니다. 나는 아버지를 생각하면 화가 나고 슬퍼진다. 왜냐하면 나는 아버지를 제대로 알 기회를 갖지 못했기 때문이다. 아버지는 나와 한 약속을 한 번도 지킨 적이 없다. 아버지는 나를 몇 번 술집에 데려가서 셔플보드 게임을 했는데, 내가 아버지와 함께 한 것은 그게 전부였다. 아버지는 한 번도 내 말을 경청하지 않았고, 나를 가르치려 들기만 했다. 그리고 여덟 살 때 나를 성추행했다.

케이티 당신이 진실을 위해 여기에 와 주어서 참 기쁘네요. 정말 용감한 분이군요.

스탠 이걸 누구에게 털어놓는 건 태어나서 처음입니다.

케이티 예, 놀라운 분입니다. 당신은 우리에게 진정한 우리 자신, 즉 용기를 보여 주고 있습니다. 계속 나아갑시다. 당신은 와야 할 자리에 왔어요, 나의 친구.

스탠 아버지는 술에 취해 있었고, 학대를 했고, 나나 동생들의 삶에 하나도 관심이 없었다. 술에 취해 있지 않을 때면 어머니와 모든 사람을 두려워했다. 아버지의 음주는 우리 가정에서 매일 반복되는 싸움과 불화의 주된 원인이었다. 그리고 나는 아버지가 그립다.

케이티 예, 우리는 사랑입니다. 그것에 관해 우리가 할 수 있는 일은 아무것도 없습니다.

스탠 계속 할까요?

케이티 예. 마음이 하는 일이 그것 아닌가요? 생각은 또 옵니다. 그러니 계속 하는 게 좋겠죠.

스탠 나는 아버지가 술을 끊고, 우리 형제들에게 정말로 관심을 갖고, 어머니에게 과감하게 맞서고, 나와 한 약속을 지키고, 나와 내 삶에 더 관심을 갖고, 건강을 더 잘 돌보고, 나에 대한 사랑을 보여 주고, 덜 이기적이기를 원한다.

케이티 계속 읽어 주세요.

스탠 아버지는 술을 끊어야 하고, 거짓말을 그만둬야 하고, 더 기를 펴야 하고, 더 자신감을 가져야 하고, 담배를 끊어야 하고, 내 말을 경청하고 나와 대화를 해야 한다. 술에 취하지 않았을 때 더 당당해야 하고, 내가 꿈을 이루도록 용기를 줘야 한다. 다음 문장도 읽을까요?

케이티 예.

스탠 아버지는 나와 진정으로 함께하는 시간을 보낼 필요가 있고, 나를 인정할 필요가 있고, 나를 정말로 사랑하고 보살피고 지원한다는 걸 보여 줄 필요가 있고, 내가 혼란스러움을 떨쳐 버리도록 도와줄 필요가 있고, 술집에서가 아니라 진정으로 나를 위해 있어 줄 필요가 있고, 나와 함께 셔플보드 게임을 하고 등산을 가고 공놀이를 할 필요가 있다. 아버지는 주정뱅이고, 이기적인 인간이고, 외톨이고, 겁쟁이고, 나와 가족에게 완전히 무신경한 사람이다. 나는 앞으로 다시는 아버지의 거짓말을 받아 주고 싶지 않다. 나는 앞으로 다시는 아버지에게 성추행을 당하고 싶지 않다. 나는 앞으로 다시는 아버지와 함께 있으려고 술집에 가고 싶지 않다. 나는 앞으로 다시는 매일같이 가족을 긴장시키던 부부싸움을 다시는 경험하고 싶지 않다.

케이티 안 좋은 기억들이 많군요, 스윗하트.

스탠 예.

케이티 (청중에게) 여러분도 비슷한 경험을 한 적이 있다면 그 자리로 한번 가 보기 바랍니다. 우리가 생각 작업을 하는 동안 여러분도 내면으로 들어가서 자신에게 자유를 주기 바랍니다. 스탠의 자유를 기다리지 마세요. 자신의 자유를 찾아보세요.

(스탠에게) 자, 스윗하트, 시작해 보죠. '해야 한다' 부분으로 가 봅시다. 거기에서 시작하는 게 좋겠군요. 첫 번째 문장을 읽어 주세요.

스탠 아버지는 술을 끊어야 한다.

케이티 그게 진실인가요? 그때로 돌아가 보세요… 그때 몇 살이었죠? 가장 고통스러웠던 때로 가 보세요.

스탠 여덟 살이나 아홉 살이었습니다.

케이티 예. 자, 어린 스탠군, "아버지는 술을 끊어야 해"―그게 아버지나 자기 자신에게 가장 좋은 일인지 확실히 알 수 있나요? 그게 진실인지 확실히 알 수 있나요?

스탠 아뇨, 확실히는 알 수 없어요. 아니에요.

케이티 예, 우리는 신보다 더 많이 알 수는 없습니다. 우리는 우리의 길에 어떤 것이 제일 좋은지 알 수가 없어요. 내가 나의 길에 관해 알 수 있는 건, 오직 나의 길이 나에게는 완벽하다는 것뿐입니다. 어린 스탠군, 당신은 아버지가 술을 끊어야 한다는 생각을 믿는데 아버지는 술을 끊지 않을 때, 내면에서는 어떤 일이 일어나나요?

스탠 마음이 아파요. 괴로워요.

케이티 그런데 그 거짓말을 믿을 때 당신은 아버지를 어떻게 대하나요? 아버지가 술을 끊어야 한다는 게 거짓말이라는 걸 우리가 어떻게 알까요? 아버지가 술을 마시기 때문입니다. 그래서 그렇습니다. 그게 아버지가 하는 일입니다. 개는 멍멍 짖고, 고양이는 야옹 울고, 아버지는 술을 마십니다.

"지금과는 달라야 해, 아버지는 술을 끊어야 해"라는 생각을 믿을 때, 그런데 아버지는 술을 끊지 않고 취해서 집에 올 때, 당신은 아버지를 어떻게 대하나요?

스탠 화가 나요.

케이티 눈을 감아 보세요, 어린 스탠군.

스탠 거리를 둬요.

케이티 예, 계속 해 보세요. 그게 어떻게 보이나요? 더 자세히 보세요.

스탠 아버지를 함부로 대해요.

케이티 예.

스탠 아버지와 상종하고 싶지 않아요. 아버지에게 욕을 해요.

케이티 예. 어린 스탠군, 아버지를 그런 식으로 대할 때는 어떤 기분이 드나요?

스탠 마음이 아파요. 정말 아파요.

케이티 그렇군요. 이제, "아버지는 술을 끊어야 해"라는 이야기를 내려놓을 이유를 찾을 수 있나요? 내려놓으라는 말이 아니에요, 어린 스탠군. 그럴 이유가 있는지 한번 보라는 거예요.

스탠 예.

케이티 어린 스탠군, 그 이야기를 간직할 좋은 이유, 당신의 마음을 아프게 하지 않는 이유를 찾을 수 있나요? "아버지는 술을 끊어야 해"라는 이야기를 간직할 좋은 이유가 있나요?

스탠 그 이야기를 간직할 이유를 찾지 못하겠어요. 하지만 그 이야기를 간직하지 않겠다는 결심을 한다고 해서 그 이야기가 사라질지는 모르겠어요.

케이티 내가 이 생각 작업을 좋아하는 점이 그거예요. 생각 작업은 결코 그 생각을 내려놓으라는 요구를 하지 않습니다. 은근히 요구하지도 않아요. 그게 탐구의 힘이죠.

스탠 내 말은, 나는 그걸 내려놓고 싶다는 거예요. 그런데 그게 …

케이티 …스스로 할 수 있는 일인지 잘 모르겠다는 거죠? 이야기를 내려놓는 것은 나의 일이 아닙니다. 사람들은 그렇게 하려고 수천 년 동안 노력해 왔어요! 그런데 아무 효과가 없었습니다. 그러니까 그쪽으로는 가지 않는 게 좋겠죠. 놓아 버린다는 건 낡은 개념입니다.

스탠 놓아 버릴 수 있다면 정말 좋겠지만, 그건…

케이티 그건 우리가 하는 일이 아닙니다. 하지만 탐구—자기 깨달음, 진실이 무엇인지를 스스로 깨닫는 것—는 환상을 몰아냅니다. 그래서 나는 탐구를 합니다. 나는 이 작은 비밀을 갖게 되었고, 이 비밀은 누구나 환영합니다.

그건 이 질문처럼 간단하답니다. 어린 스탠군, "아버지는 술을 끊어야 해"라는 이야기를 간직할 이유, 당신의 마음을 아프게 하지 않을 좋은 이유를 찾을 수 있나요?

스탠 지금 떠올릴 수 있는 딱 한 가지 이유는, 그걸 마음속에 간직하고 있으면 나는… 아니, 아니에요. 그러면 계속 더 화가 나요. 아뇨. 그런 이유는 없어요.

케이티 예. 좋은 이유는 하나도 없죠. 나도 찾을 수 없었어요. 자, 여덟 살 어린 스탠군, 이 이야기가 없다면 당신은 누구일까요?

스탠 내가 누구일 것 같냐고요?

케이티 예. 그 이야기가 없다면, 당신은 그 집에서 어떻게 살아갈까요? 그 이야기가 없다면 당신은 누구일까요?

스탠 진짜 모르겠어요.

케이티 정말 흥미롭지 않나요? 그것은 우리의 오락이었습니다. 평생의 오락. 그런데 우리는 심지어 그게 뭔지도 모릅니다! 나는 마흔세 살 먹은 어린아이였는데, 내가 아무것도 모른다는 걸 알게 되었습니다. 그리고 이 생각 작업을 발견했어요. 나는 어떻게 살아야 하는지를 몰랐고, 그 뒤 내가 살아지고 있다는 것을 알아차렸습니다. 그때 나는 어린아이와 같았고, 걸음마를 배우는 아이와 같았습니다. 생각 작업 안에 머무를 때, 우리는 아무것도 알 필요가 없다는 것을 알게 됩니다. 우리에게 필요한 모든 것을 온 세상이 줄 것입니다.

"아버지는 술을 마시면 안 된다"—뒤바꿔 보세요.

스탠 고백하자면, 나는 8년 동안 AA(알코올 중독 치료 프로그램)를 받았습니다.

케이티 오, 좋네요.

스탠 긴 세월 동안 술을 마셨고, 손에 넣을 수 있는 온갖 마약을 했어요.

케이티 오.

스탠 내 가정까지 파괴했죠.

케이티 그래도 괜찮지 않나요?

스탠 (웃으며) 괜찮았는지는 모르겠어요. 그런데…

케이티 오, 허니, 우리를 만나게 해 주는 거라면 나는 무엇이든 지지합니다.

스탠 (웃으며) 예, 맞아요. 그 때문에 내가 여기에 오게 되었으니까요.

케이티 예. 그럼 "아버지는 술을 마시면 안 된다"—뒤바꿔 보세요.

스탠 나는 술을 마시면 안 된다.

케이티 예. 당신이 그렇게 사세요. 그것은 아버지가 아니라 당신이 살아갈 방식입니다. 또 다른 뒤바꾸기가 있습니다. "아버지는 술을 마시면 안 된다"—정반대 극점은 무엇인가요?

스탠 나는 술을 마시면 안 된다.

케이티 예. 때로는 우리가 쓴 문장보다 더 진실한 뒤바꾸기가 여섯 개일 수도 있죠. "아버지는…"

스탠 아버지는 술을 마셔야 한다.

케이티 예. 그 뒤바꾸기가 어째서 진실한지 세 가지 참된 예를 찾아보세요.

스탠 그게 아버지의 길이기 때문에?

케이티 예. 실제 그렇기 때문이죠. 진실이 뭔가요? 아버지가 술을 마셨나요?

스탠 예.

케이티 그럼 아버지는 술을 마셔야 했습니다. 두 번째 예는요?

스탠 (잠시 후) 길게 보면 무엇이 아버지에게 최선인지 나는 알 수 없으니까요. 아버지가 술을 끊어야 하는지, 언제 끊어야 하는지를 알 수 없어요.

케이티 예. 당신은 어떻게 하려 하나요? 신에게 지시하려 하나요? "여보세요, 하느님, 아버지는 지금 당장 술을 끊어야 해요. 당신은 지금 일을 잘못하고 있는 거예요." 우리가 신에게 이 연극을 어떻게 연출하라고 지시할까요? 아니요. 우리는 우리의 연극을 어떻게 연출해야 하는지도 모릅니다.

세 번째 예를 찾을 수 있나요?

스탠 만약 아버지는 계속 술을 마시는데 내가 "…해야 한다"는 생각들을 내려놓으면, 우리의 관계가 정말로 바뀔지도 모릅니다.

케이티 아주 좋군요. 다음 문장을 보죠.

스탠 아버지는 거짓말을 그만둬야 한다.

케이티 "아버지들은 거짓말을 하지 않아야 한다"—현실은 어떤가요? 우리, 제정신을 회복해 봅시다. "아버지들은 거짓말을 하지 않아야 한다"—현실은 어떤가요? 그들이 거짓말을 하나요?

스탠 음, 우리 아버지는 그랬습니다.

케이티 그렇습니다. 그게 당신의 경험입니다. 아버지들은 거짓말을 하나요? 예. 현실에 오신 걸 환영합니다. 당신이 현실과 다툴 때는 무슨 일이 일어나나요? 그 거짓말, 아버지들은 거짓말을 하면 안 된다는 거짓말을 믿을 때, 당신은 아버지를 어떻게 대했나요?

스탠 그다지 다정하지는 않았어요.

케이티 그렇게 대할 때는 기분이 어떠했나요?

스탠 마음이 아팠어요.

케이티 "아버지들은 거짓말을 하지 않아야 한다"는 이 미신을 내려 놓을 이유가 보이나요?

스탠 예.

케이티 이 지구상의 어느 누구—시사 해설가, 대통령, 교황, 아이들 —도 거짓말을 하지 않아야 한다는 이야기를 간직할 이유, 스트레스 주지 않는 이유를 찾을 수 있나요? 우리가 거짓말을 하지 않아야 한다는 이야기를 믿을 좋은 이유가 있나요?

스탠 거짓말을 하지 않으면 더 좋겠죠. 하지만…

케이티 그게 진실인지 당신은 확실히 알 수 있나요?

스탠 흐음.

케이티 나는 그런 생각을 더이상 믿지 않습니다. 사람들이 거짓말을 하는 게 나에게 가장 유익할지 내가 어떻게 알겠어요? 사람들은 거짓말을 합니다. 자, 단서를 찾아봅시다. 혹시 거짓말을 해 본 적이 있나요?

스탠 예.

케이티 예, 그게 단서입니다. "사람들은 거짓말을 하지 않아야 한다"—이 이야기를 간직할 좋은 이유를 찾을 수 있나요? 그 이유들 중에 스트레스를 주지 않는 이유가 있나요?

스탠 하나도 생각이 안 납니다.

케이티 예, 우리의 독선을 잃는 건 참 좋은 일입니다. 겸손으로 가는 첫걸음이죠.

스탠 예. 나는 다분히 독선적입니다. 지금까지 그랬어요.

케이티 글쎄요. 내 눈엔 그냥 겸손한 남자가 보이는군요.
자, 어린 스탠군, 아버지들은 거짓말을 하지 않아야 한다는 이야기
가 없다면, 당신은 누구일까요?

스탠 훨씬 가벼울 것 같아요.

케이티 뒤바꿔 보세요.

스탠 나는 거짓말을 하지 않아야 한다.

케이티 바로 그거예요. 그보다 더 좋은 건 없어요. 나는 내 생각 작
업을 합니다. 그것은 하루 종일 하는 일이고, 평생 할 일이죠.

스탠 나는 거짓말을 하지 않아야 한다… 그런데 나는 거짓말을 합
니다.

케이티 예! 아버지는 거짓말을 하지 않아야 한다고 생각할 때, 나는
거짓말을 합니다. 아버지가 거짓말을 했을 때 당신은 아버지를 벌
주었지만, 효과가 없었죠. 그건 아버지에게 하나도 가르쳐 준 게
없었어요.

스탠 맞아요.

케이티 그러니 그건 가망이 없습니다. "나는 거짓말을 하면 안 돼"
와 같은 뒤바꾸기를 할 때, 나는 나 자신과 합의를 합니다. 나 자
신이 거짓말하지 않는 법을 배울 때까지는 사람들에게 거짓말하지
말라고 가르치려 들지 않겠다고…. 나는 아직 그 자리에 있지 않습

니다. 이것은 평생 해야 할 과제입니다. 다음 문장을 보죠.

스탠 아버지는 더 기를 펴야 한다.

케이티 "아버지는 더 기를 펴야 한다"—그렇게 하는 것이 그의 길에 가장 유익할지 당신은 확실히 알 수 있나요?

스탠 아뇨, 알 수 없어요.

케이티 "아버지는 더 기를 펴야 한다"는 생각을 믿을 때, 당신은 아버지를 어떻게 대했나요?

스탠 경멸했어요.

케이티 그럴 때는 어떤 느낌이 들었나요?

스탠 가슴이 아프고, 슬펐어요.

케이티 이 이야기를 내려놓을 이유가 보이나요?

스탠 예, 물론이에요.

케이티 이 이야기를 간직할, 고통스럽지 않은 이유가 하나라도 있나요?

스탠 아뇨.

케이티 이 이야기가 없다면 당신은 누구일까요?

스탠 모르겠어요.

케이티 그게 좋지 않나요? 그것은 시간이 없습니다. 거기엔 시간이 없어요. "나는 모른다"에는 시간이 없습니다.

스탠 그런 의미가 있나요? 지금은 아주 멋지게 들리지만, 그건 다시 나타날 거예요.

케이티 정말 그럴지 확실히 알 수 있나요?

스탠 아뇨.

케이티 그 이야기를 믿을 때 당신은 어떻게 반응하나요?

스탠 위축돼요.

케이티 지금 이 순간, 그 이야기가 없다면 당신은 누구일까요?

스탠 모르겠어요!

케이티 내가 좋아하는 자리군요.

스탠 그런데 그 대답 속에는 '내가 어디에도 없다'는 느낌이 들게 하는 무언가가 있어요.

케이티 그곳이 바로 당신이 늘 있는 곳입니다. (청중이 웃는다.)

스탠 (웃으며) 정말 그러네요.

케이티 이제 당신은 그렇다는 것을 압니다.

스탠 예.

케이티 삶은 아주 단순합니다. 우리는 걷고, 앉고, 반듯이 눕습니다. 그럴 뿐입니다. 나머지 모든 것은 우리가 그러는 동안 일어나고 있던 일에 관한 이야기일 뿐입니다.

스탠 그 이야기들이 내가 실제로 존재하는 것처럼 보이게 하는 것 같아요. (청중이 박수를 친다.) 그리고 그 이야기가 없다면 나는 실재하지 않을 거예요.

케이티 당신은 지금까지 한 번도 실재한 적이 없습니다. 당신도 그걸 알죠.

스탠 예. 내가 그 이야기의 맨 앞에 서 있었네요. (낮은 휘파람을 분다.) 젠장! (청중이 폭소한다.) 와! 머리카락이 곤두서네요. 이건 또 무슨 의미가 있나요? (더 많은 웃음) 오 세상에, 정말 그렇군요. 내 이야기가 없다면, 여기에는 정말 아무것도 없어요.

케이티 예.

스탠 그리고 그 이야기들이 실제로 나를…

케이티 존재하는 것처럼 만든다?

스탠 …존재하는 것처럼 만드네요. 이 이야기뿐만이 아니라 모든 이야기가요. 일어나는 어떤 일에 내가 무언가를 덧붙여서 실제처럼 느껴지게 하는군요. 그런 건가요?

케이티 당신이 그렇다고 말하는군요. 그건 내 경험이기도 합니다.

스탠 예. 그럼 그게 없으면 나는 뭘까요? 다시 말해, 나는 누구인가요?

케이티 내 일이 아닙니다. 있을 뿐이죠(I am).

스탠 그냥 있을 뿐(am)인가요?

케이티 그 이야기도 없다면 당신은 누구일까요? 당신이 있다는 이야기조차 없다면.

스탠 그냥…

케이티 침묵.

스탠 예.

케이티 말하는 것처럼 보이고, 앉아 있는 것처럼 보이는 침묵. 그뿐입니다.

스탠 (웃으며) 좋네요!

케이티 진실과 함께 앉아 있는 건 특권입니다.

스탠 예, 정말 그렇습니다. 정말 그래요.

케이티 다음 문장을 보죠.

스탠 예. 아버지는 더 자신감을 가져야 한다.

케이티 "아버지는 더 자신감을 가져야 한다"—그게 진실인가요? 그게 진실인지 당신은 확실히 알 수 있나요?

스탠 아뇨, 알 수 없습니다.

케이티 뒤바꿔 보세요.

스탠 나는 더 자신감을 가져야 한다. 아버지는 자신감을 더 가지지 않아야 한다. 아버지는 자신감을 갖지 않아도 괜찮다.

케이티 아버지는 자신감을 더 가지지 않아야 합니다. 그러지 않았으니까요.

스탠 그러지 않았다… 와!

케이티 어느 누가 나무와 다투겠어요?

스탠 와! 이건 정말 놀랍네요! 그냥 질문에 답하는 건.

케이티 우리가 아이였을 때, 세상은 '하늘이 파랗다'고 말했습니다. 그래서 우리도 "하늘은 파래"라고 말했습니다. 우리는 멈추고 내면으로 들어가서 자기에게 물어본 적이 없습니다. 어떻게 해야 하는지 몰랐으니까요. 그래서 우리는 아직 어린아이들이고, 이제 시작합니다. 하지만 어머니가 "하늘은 파랗단다. 저건 하늘이야"라고 말할 때, 현명한 아이는 내면으로 들어갑니다. "저건 파랗다— 나는 그게 진실인지 정말로 알 수 있나? 아니. 그리고 그건 어머니의 종교(믿음)야. 나의 종교는 아니야." 그리고 어머니가 가진 것은 내가 가진 것만큼 소중합니다. 그래서 우리는 사랑합니다. 어머니는 "저건 파래"라고 합니다. 나는 "이해해요"라고 합니다. 그리고 "내 경험으로는 저건 파랗지 않아요"라고 굳이 얘기하지는 않습니다. 만약 어머니가 내게 의견을 묻는다면, 나는 "내 경험으로는 그렇지 않아요. 그렇지만 엄마가 하늘을 파랗다고 보는 게 나는 좋아요"라고 말하겠습니다. 우리는 사이좋게 지낼 수 있습니다.

스탠 하늘이 파랗다는 말에 동의하는 건 임기응변인 것 같네요.

케이티 예, 마치 근친상간처럼요.

스탠 예.

케이티 그것은 사랑입니다. 우리는 어떻게 하는지를 모릅니다. 그래서 우리는 지금 시작합니다. 그런데 근친상간은 다른 모든 상징과 마찬가지로 아주 흥미롭습니다. 모두가 평등하며, 우리 모두는 지금 이 순간 필요한 것을 받고 있습니다. 하지만 당신은 아버지에게 뭔가를 받기 원했습니다. 이게 요점이었습니다. 당신은 그에게서 뭘 원했나요?

스탠 받아들여지기를 원했어요.

케이티 예. 그걸 얻었나요?

스탠 그러지 못한 것 같아요.

케이티 당신은 받아들여지기를 원했고… 사랑도 원했나요?

스탠 예.

케이티 좋은 평가도?

스탠 예. 인정과 지지도 원했습니다.

케이티 예. 우리는 사랑을 위해서 그렇게 합니다. 무엇이든 합니다. 그리고 우리는 혼란스러워져서, 그들이 우리에게 그렇게 했다고 말합니다. 하지만 우리는 도망치지 않았습니다. 한 번은 도망쳤더라도 다시 도망치지는 않았고, 다시 도망쳤더라도 또다시 도망치지는 않았습니다. 우리 중 일부는 "안 돼요"라고 하지 않았습니다. 뭔가를 원했기 때문입니다. 우선 우리는 안전을 원했고, 둘째로는 안락함을 원했고, 이 모든 것이 갖춰진 후에는 쾌락을 원했습니다. 그런데 모든 쾌락은 고통입니다. 자기사랑보다 좋은 것은 없습니다. 하지만 어린 소년은 그렇게 했습니다. "사랑을 위해서라면 뭐든지 할 거야."

나는 가끔 말합니다. "만약 내게 기도가 있다면 이러할 것입니다. '신이시여, 부디 제가 사랑과 인정, 좋은 평가를 바라는 욕망에 빠지지 않게 해 주소서. 아멘."

스탠 휴우! 그걸 이해하는 데 긴 세월이 걸린 거로군요.

케이티 아, 우리는 개의치 않습니다. 과거에 관해 가장 좋은 점은 그것이 끝났다는 거죠.

스탠 (청중과 함께 웃으며) 과거를 계속해서 재창조하지 말아야겠죠.

케이티 그건 내 일이 아닙니다. 나는 그저 탐구합니다. 당신처럼 나도 탐구의 힘을 아니까요. 다음 문장을 봅시다.

스탠 아버지는 담배를 끊어야 한다.

케이티 그게 진실인가요?

스탠 아버지는 여전히 담배를 피웁니다. 나도 그렇고요.

케이티 "아버지는 담배를 피우면 안 된다"—뒤바꿔 보세요.

스탠 나는 담배를 피우면 안 된다.

케이티 예. 당신이 완전히 제정신을 회복하고 나면, 그 뒤 사람들에게 담배에 관해 가르치세요. 당신이 담배를 피우는 건 이런 겸손을 경험하기 위해서입니다. 이것은 평생 해야 하는 일입니다. 그리고 문제는 담배를 끊는 것이 아니라 자기 깨달음입니다.

"아버지는 담배를 피우면 안 된다"는 이야기를 내려놓을 이유를 찾을 수 있나요? 이 질문은 사람들을 두렵게 합니다. 그런데 이곳이 바로 진정한 용기를 내어 질문해야 하는 곳입니다. 자신이 집착하는 것을 다룰 때는 그렇습니다. 당신은 그것에 집착하고 있다고 생각하지만, 사실 당신이 집착하는 것은 그것에 관한 이야기입니다. 어느 누구도 어떤 것에 집착하지 않습니다. '어떤 것'이란 당신의 이야기에 불과합니다. 당신이 오늘 알게 되었듯이.

"아버지는 담배를 피우면 안 된다"는 이야기를 내려놓을 이유를 찾을 수 있나요? 지금 그 이야기를 내려놓으라고 말하는 게 아닙니다. 그 이야기를 간직할, 스트레스를 주지 않는 좋은 이유가 하나라도 보이나요?

스탠 아뇨.

케이티 그럴 때 담배를 피우고 싶어지지 않나요?

스탠 예, 그렇습니다.

케이티 우리는 스트레스를 받으면 담배를 피웁니다. 그것은 모든 중독과 똑같습니다. 과도한 음주나 강박적인 섹스 등 바깥에서 원인을 찾으려고 하는 모든 중독과 똑같죠. "아버지는 담배를 피우면 안 된다"는 이야기가 없다면 당신은 누구일까요?

스탠 모릅니다! 그것은 커다란 "나는 모른다"이고, 빈 공간인 "나는 모른다"입니다.

케이티 그 말이 부끄러움이나 죄책감보다는 기분 좋은 말로 들리는군요. 어떤가요?

스탠 (웃으며) 예.

케이티 그러니 "아버지는 담배를 피우면 안 된다"는 순전한 거짓말이고, "나는 담배를 피우면 안 된다"도 당신이 담배를 피우고 있을 때는 거짓말입니다.

스탠 맞습니다.

케이티 "아버지는 담배를 피우는 사람이다"—그게 진실인가요? 지금 이 순간에도 그런지 아닌지를 어떻게 알 수 있죠? 그는 한 달 전에 담배를 끊었을지도 모릅니다. 당신은 아버지와 여섯 달 동안

194

연락하지 않았다고 했으니까요. "나는 담배를 피우는 사람이다"—
그게 진실인가요? 이를테면, 지금 이 순간은요?

스탠 아뇨. 지금 이 순간은 아닙니다.

케이티 예. 당신은 지금 담배를 피우지 않는 사람입니다. 당신이 지금 담배를 피운다는—그 일은 오직 미래에만 일어날 수 있는데—생각을 믿을 때, 당신은 어떻게 반응하나요?

스탠 만약 내가 지금 담배 피우는 사람이라고 말한다면요? 그런데 지금 담배를 피우고 있지 않으면요?

케이티 예.

스탠 그럼 나는 거짓말쟁이가 됩니다.

케이티 그렇죠. 그럴 때면 어떤 느낌이 드나요?

스탠 좋지 않죠.

케이티 그럴 때 당신은 담배를 피우는 미래에 집착하게 됩니다. 그런데 당신은 지금 여기에 앉아 있고, 담배를 피우고 있지 않죠! 그렇게 멀리 광적인 여행을 떠나 버리면, 우리는 달콤한 이 순간을 경험하지 못하게 됩니다. 두 친구가 함께 앉아서 즐거운 시간을 보내고 있는 이 순간을…. 여기에는 담배 피우는 사람이 없습니다. 우리는 지금 평화 안에 있습니다.

예전에 나는 담배를 많이 피웠고 줄담배를 피웠어요. 온 집에, 옷이며 모든 것에 담배 냄새가 배어 있었죠. 그런데 이 '생각 작업'을 발견한 뒤에는 담배를 꺼내 들 때 스스로 묻곤 했어요. "그녀는 뭘 하고 싶은 거지? 뭘 가지고? 그녀는… 뭘 하려는 거지?" 그 후로 는 한 번도 담배에 불을 붙이지 않았습니다. 그렇게 할 의미를 찾지 못했어요. 평화 안에서, 그것은 그 자신의 생애가 있습니다. 그리고 그건 내 일이 아닙니다. 조금도 내 일이 아니에요. 내 생각이 내 일입니다.

예전에 내 생각을 믿었을 때는 내 육체를 학대했습니다. 내 몸은 더 아름다워야 해, 더 건강해야 해, 더 커야 해, 더 작아야 해, 더 살이 쪄야 해, 더 날씬해야 해, 더 젊어야 해, 같은 말을 하면서 그렇게 했죠. 나는 완벽한 몸을 가졌는데도 마음속에서 몸을 쓰레기 취급했어요. 그 뒤 한 순간에 나는 몸과 친구가 되었습니다. 내가 한 일이라고는 당신이 오늘 한 게 전부였습니다. 그저 내 생각을 약간의 이해로 만난 것뿐이었죠. 나는 더이상 생각을 없어져야 할, 사라져야 할—우리가 사용했던 표현이 뭐였죠?—버려야 할 적으로 보지 않았습니다. 왜 내 자녀들 중 하나를 버리겠어요? 그게 말이 되나요? 우리의 생각은 우리의 자녀입니다. 왜 그 아이들을 내쫓고 싶어 할까요? 그냥 그 아이들과 함께 어울릴 수는 없는 걸까요? 이 생각 작업이 하는 일이 바로 그겁니다. 모든 개념을 이해로 만나죠.

우연이란 건 없습니다. 이 생각은 지금, 완벽하게, 나타납니다. 오랜 세월이 지난 뒤 마침내 이제 만날 수 있게 하려고. 그것은 밖에서 떠돌던 고아와 같았습니다. 그렇게 느껴본 적이 있나요?

스탠 예.

케이티 믿음들은 그렇습니다. 우리가 그것들을 이해로 만나면, 마음은 정말 고요해집니다.

스탠 예. 그런데 가끔 그 고요함이 무서울 때도 있습니다.

케이티 그 고요는 어떤 의미인가요?

스탠 낯선 공간입니다.

케이티 그래서 "고요함은 낯선 공간이다"—그게 진실인가요?

스탠 내 분주한 마음에게는 그렇습니다.

케이티 매일 밤 잠을 자나요?

스탠 예.

케이티 그럴 때 그 고요함은 낯설고 모르는 공간인가요?

스탠 아닙니다.

케이티 당신은 (그 공간과) 친구입니다. 당신은 매일 밤 잠을 잘 잡니다(그 공간으로 잘 돌아갑니다). 그보다 더 나쁠 수는 없습니다. 그리고 자신을 떠난 곳에서 다시 깨어납니다. 그러니 일어날 수 있는 최악의 상황은, 당신이 있던 곳에서 다시 자신을 발견하는 것입니다. 정말 재미있지 않나요? 이야기가 없는 우리 자신은 매일 밤 (잠들었을 때) 우리가 있는 곳에 있습니다. 침묵 속에서. 우리는 그곳에서 쓰일 수 있고, 그곳에서 하인입니다. 진정한 하인.

스탠 그렇게 존재하고 싶어요. 그런데 평생 스승과 종교들, 이 모든 것을 쫓아다녔지만 아직도 찾지 못했습니다.

케이티 음, 당신이 찾아 헤매던 스승은 바로 당신 자신입니다. 그는 당신의 코앞에 있었어요! 다음 문장을 봅시다.

스탠 아버지는 내 말을 경청하고 나와 대화를 해야 한다.

케이티 그게 진실인가요? 그가 그렇게 했나요?

스탠 아뇨.

케이티 현실에 오신 걸 환영합니다. 어린 스탠군, "아버지는 내 말을 경청해야 해"라는 생각을 믿을 때, 그런데 아버지는 전혀 그러지 않을 때, 당신은 어떻게 반응하나요?

스탠 기분이 좋지 않아요.

케이티 그 이야기를 믿을 때 당신은 아버지를 어떻게 대하나요?

스탠 화를 내요.

케이티 그럴 때는 기분이 어떤가요?

스탠 기분이 좋지 않아요.

케이티 어떤 사람이 어떤 상황에서도 당신의 말을 경청해야 한다는 이야기를 내려놓을 이유를 찾을 수 있나요?

스탠 사람들이 내 말을 경청하지 않는다는 게 내겐 가장 큰 문제 중 하나예요.

케이티 사람들이 경청하지 않는데 당신은 그들이 경청해야 한다고 생각할 때, 당신이 그들을 어떻게 대하는지 보세요!

스탠 알겠어요.

케이티 그건 순전한 거짓말입니다.

스탠 음, 그냥 경청해 달라는 것만이 아니라, 대화가 없을 때 대화를 하자는 거예요.

케이티 맞아요. 대화가 없죠.

스탠 그래도 괜찮나요? 그게 현실이긴 합니다만.

케이티 아버지에게 하는 모든 말이 실은 자신이 들어야 할 말이라는 걸 알게 될 때, 정말 효과가 있습니다. 누가 경청하고 있지 않나요? 그래서 나는 이 생각 작업이 녹음되는 걸 좋아합니다. 당신이 아버지에게 한 모든 말은 당신이 들어야 할 말입니다. 당신은 듣고 있나요? 계속 탐구하세요. 무엇이 진실인지를 아는 데 중요한 것은 탐구입니다. 나는 당신이 하는 말을 듣습니다. 그러니 그게 목욕하듯이 당신에게 쏟아지게 하세요. 들으려는 노력도 하지 마세요.

스탠 예, 기분이 좋네요. 상쾌해집니다.

케이티 예. 다음 문장을 보죠.

스탠 아버지는 술에 취하지 않았을 때 더 당당해야 한다.

케이티 아버지가 더 당당해야 한다고 했나요?

스탠 아버지는 술에 취해 있지 않을 때 더 당당해야 합니다. 당당해지려고 술에 취할 필요는 없으니까요. 아버지는 술에 취했을 땐 아주 당당했습니다.

케이티 그러니까 당신은 아버지가 술을 안 마셨을 때 당당해지길 바라는군요. 무엇 때문인가요? 왜죠?

스탠 그러면 아버지에 대한 존경심을 느낄 수 있을 테니까요. 예, 그게 이유네요.

케이티 그래서 아버지에 대한 존경심을 느끼게 되면, 뭘 느끼게 될 것 같나요?

스탠 아버지를 존경하게 되면 뭘 느낄 것 같으냐고요? 기분이 좋을 것 같습니다.

케이티 아버지에게 그걸 가르쳐 주기 위해 그동안 아버지를 어떻게 대했는지 보세요. 아버지가 당당하지 않았을 때, 그 생각 때문에 당신이 어떤 대가를 치렀는지 보세요. 그런데 만약 당신이 그냥 그를, 그에 관한 이야기들을 내려놓으면, 당신이 그를 통해 얻고 싶었던 행복을 얻게 됩니다…

간단히 말해, 우리는 그냥 중개인을 놓아 버리고 지금 여기에서 행복할 수 있습니다. 다른 길은 멀리 돌아가야 하는 길입니다. "아버지가 당당해지면, 아버지가 술을 안 마시고 거짓말을 하지 않게 되면, 그러면 나는 행복할 거야." 그 대신, 그 목록을 탐구하기 시작합니다. 그리고 말합니다. "아이구, 아버지를 그냥 놓아 드려야겠어." 그리고 그 결과로 찾아오는 행복을 알아차립니다.

스탠 그러니까 누가 거짓말을 하고 당당하지 못해도 괜찮은 건가요?

케이티 그것은 완벽합니다. 그것은 내가 좋아하는 부분입니다—그게 지금 있는 현실입니다. 나는 현실을 사랑하는 사람입니다.

스탠 하지만 그게 지금의 당신에게 안 좋은 영향을 끼치면요?

케이티 그럴 수는 없습니다.

스탠 그럴 수는 없다고요?

케이티 그럴 수는 없습니다. 당신에게 안 좋은 영향을 끼치는 것은 그것에 관한 당신의 이야기입니다. 어느 누구도 당신에게 안 좋은 영향을 끼칠 수 없습니다. 그들의 행동에 관한 당신의 이야기가 당신에게 안 좋은 영향을 끼칩니다. 그렇습니다. 아무도 나에게 어떻게 한 적이 없습니다. 아무도 나에게 어떻게 할 수가 없습니다. 우리는 당신에 관한 이야기를 하고, 그래서 우리를 천국에 있게도 하고, 지옥에 있게도 합니다. 그리고 우리는 그걸 당신의 잘못 때문이라고 하거나, 당신 덕분이라고 말합니다.

다음 문장을 보죠.

스탠 아버지는 내가 꿈을 이루도록 용기를 줘야 한다.

케이티 "아버지는 나에게 용기를 줄 필요가 있다"—그게 진실인가요?

스탠 예. 그랬더라면 좋았을 겁니다.

케이티 그게 진실인지 당신은 확실히 알 수 있나요?

스탠 아버지가 나에게 용기를 주었다는 게 진실인지 알 수 있냐고요?

케이티 아버지가 당신에게 용기를 주었다면 당신의 삶이 지금보다 훨씬 나아졌을지 알 수 있나요?

스탠 예!

케이티 그게 진실인지 확실히 알 수 있나요?

스탠 아뇨, 확실히는 알 수 없습니다.

케이티 내 삶에 있는 것이 바른 길입니다. "아버지가 나에게 용기를 주었다면 나는 훨씬 나아졌을 것이다"—그게 진실인지 당신은 확실히 알 수 있나요?

스탠 아뇨, 알 수 없습니다.

케이티 그럼 "아버지들은 아들들에게 용기를 줘야 한다"는 생각을 믿을 때, 당신은 그를 어떻게 대했나요?

스탠 흐음. 내가 약해지는 느낌이었어요. 아버지가 나를 원하지 않는다고 느꼈죠.

케이티 당신은 그를 어떻게 대했나요?

스탠 아버지를 어떻게 대했냐고요?

케이티 그 이야기를 믿을 때…

스탠 화를 냈어요.

케이티 그럴 때 기분이 어땠나요?

스탠 좋지 않았어요.

케이티 그 이야기를 내려놓을 이유를 찾을 수 있나요?

스탠 물론입니다.

케이티 당신은 그 이야기를 믿지만 그는 용기를 주지 않을 때, 당신은 자신을 어떻게 대했나요?

스탠 내 안으로 침잠해 버립니다.

케이티 "아버지들은 자녀들에게 용기를 줘야 한다"는 이야기를 간직할 좋은 이유가 보이나요? 고통스럽지 않은 이유가 하나라도 있나요?

스탠 아뇨, 그 이야기를 붙들 이유를 모르겠습니다.

케이티 누가 당신에게 용기를 줘야 한다는 이야기가 없다면, 당신은 누구일까요?

스탠 모르겠습니다. 정말 모르겠어요.

케이티 예, 잘 듣고 있습니다. 뒤바꿔 보세요.

스탠 나는 내 꿈을 이루도록 나에게 용기를 줘야 한다. 예, 내가 나 자신에게 용기를 줘야겠죠.

케이티 그건 아버지가 할 일이 아닙니다. 그래야 한다는 건 미신입니다. 격려를 원하면 스스로 주세요. 그렇게 하면 당신은 늘 격려를 받을 수 있습니다. 기다릴 필요가 없어요.

스탠 하지만 어릴 때는 어떤가요?

케이티 아이들은 이런 것을 모릅니다. 그래서 우리는 지금 시작합니다. 그래서 나는 생각 작업을 좋아합니다. 필요하면 3살 어린아이의 시각으로도 쓸 수 있으니까요. 생각 작업에는 시간이 없습니다.

스탠 사실은 과거로 돌아가서 이 모든 걸 한다는 게 우스워 보였어요. 하지만 필요하다고 느꼈죠. 왜냐하면 이건 내게 끝마치지 못한 것이고, 이전에는 한 번도 말한 적이 없는 아버지에 관한 뭔가를 말할 수 있는 기회니까요.

케이티 예. 또 하나의 뒤바꾸기가 있네요.

스탠 나는 아버지에게 용기를 줘야 한다. 나는 아버지가 꿈을 이루도록 용기를 줘야 한다.

케이티 예.

스탠 내가 아버지에게 용기를 줘야 한다고요? 어떻게 그렇게 할 수 있죠?

케이티 당신은 아버지가 그걸 알 거라고 생각했어요! 나는 당신도 아버지와 똑같다고 생각해요. 아니면 아버지도 몰랐을지 모르죠.

스탠 예, 아마 아버지도 몰랐을 겁니다.

케이티 다음에 "그들은 나를 격려해 줘야 해"라는 생각이 떠오르면—그들이 어떤 아이건, 자녀들이건, 친척이건, 가까운 어떤 사람이건 그건 상관이 없습니다. 그들이 있는 자리에서 "그들은 나를 격려해 줘야 해"라는 생각이 떠오르면—뒤바꾸세요. 그리고 그들을 격려해 주세요. 당신을 위해서요.

스탠 마치 자신을 위해 좋은 카르마(업)를 쌓는 것처럼 들리는군요.

케이티 이 생각의 카르마만 있을 뿐입니다. 다른 카르마는 없습니다. 전생은 없습니다. 지금 나타나는 믿음만이 있습니다. 우리가 그 믿음에 너무 깊이 집착하면 그 이야기를 진짜라고 착각하게 됩니다. 오직 이것만이 있습니다. 언제나 오직 이것만이 있습니다.

스탠 예. 내가 생각을 따라가고 있네요. 나는 생각의 그늘 속에 있습니다. 정말 그렇습니다.

케이티 예. 당신이 지금까지 들은 이 모든 영적 개념들? 당신은 그것들로 책을 쓸 수도 있습니다. 사실은 당신이 바로 그 책입니다. 다른 건 없습니다.

스탠 맞는 말이에요. 내 생각들이 살아오는 내내 나를 이끌고 있어요. 내 모든 믿음, 내 느낌. 그것들이 앞장서고 있고, 나는 그것들의 바로 뒤에서 여행을 하고 있네요. 그런데 생각 작업이 그걸 멈추는 것 같아요. 생각 작업이 여기로 데려오는 것 같아요. 내 말은, 생각 작업이 놀랍다는 거예요. 미래든 과거든 상관이 없죠. 그건 지금 일어나고 있어요.

케이티 그건 단지 하나의 개념이 아니었죠. 맞습니다.

스탠 예. 와! 이게 당신과 함께 머무르나요?

케이티 그건 내 일이 아닙니다.

스탠 지금은 기분이 좋고 정말 이해가 되는데, 여기서 나가 삶으로 돌아가면 "푸쉬쉬!"(공기 빠지는 소리) 하게 되지 않을까 걱정됩니다.

케이티 5번 항목을 봅시다. (청중이 손뼉을 치며 크게 웃는다.)

스탠 아버지는 주정뱅이고, 이기적인 인간이고, 외톨이고, 겁쟁이고, 나와 가족에게 완전히 무신경한 사람이다. 짐이 곧 국가니라. 정말 그렇죠! 나와 이혼한 걸 보면 아내는 분별력이 좋았네요. (청중이 웃는다.) 나는 오랫동안 아내를 비난해 왔지만, 아내가 옳았습니다.

케이티 예. 그녀에게 편지를 써서 그녀가 옳았다고 얘기해도 좋겠죠. 이 일을 끝마치기 위해…. 당신은 자신을 위해 그 편지를 씁니다. "당신이 옳았어. 나만 몰랐던 것 같아. 이제는 당신 말이 이해돼." 만약 당신이 그 모든 걸 원한다면, 그렇게 사세요.

스탠 또 소름이 돋는군요.

케이티 예.

스탠 정말 그래요. 인도를 여행하고 술에 취해 인사불성이 되었다는 이유로 아내는 나를 집에 들이지 않았죠. 그때는 왜 그러는지 이해를 못했어요. 이해할 수가 없었죠.

케이티 예.

스탠 이 주정뱅이, 이기적인 인간, 외톨이, 겁쟁이, 가족에게 완전히 무신경한 사람—그건 바로 나였습니다.

케이티 만약 당신이 "아버지는 술을 마시면 안 된다"는 이야기에 집착하고 있다면, 아버지는 술에 취해 있고, 당신은 생각에 취해 있습니다.

스탠 아, 세상에.

케이티 당연히 그는 술을 마셔야 합니다—그가 그렇게 했으니까요. 우리는 우연히 술을 마시지 않습니다. 어떤 일도 제때에 앞서 일어나지 않습니다.

스탠 실제로 생각에 중독이 될 수도 있겠네요.

케이티 그게 유일한 중독입니다. 언제나 생각이 유일한 중독이었어요. 우리는 이런 개념들에 중독되어 있습니다. 그리고 그 개념들을 이해로 만나는 법을 알지 못하기 때문에 혼란스러워집니다. 우리는 그것들을 놓아 버릴 수 없습니다. 그것들이 현실로 보이기 때문입니다. 그래서 놓아 버리려 해도 그렇게 되지 않습니다. 오직 진실만이 우리를 자유롭게 할 수 있습니다. 다음 문장을 보죠.

스탠 나는 앞으로 다시는 아버지의 거짓말을 받아 주고 싶지 않다.

케이티 예. "나는 기꺼이…"

스탠 나는 기꺼이…

케이티 …아버지의 거짓말을…

스탠 아버지의 거짓말을 받아 주겠다.

케이티 예. "나는 고대한다…"

스탠 나는 아버지의 거짓말을 받아 주기를 고대한다.

케이티 예, 생각들은 당신 마음속에 다시 나타날 수 있으니까요. 어린 5살짜리, 8살짜리, 9살짜리 생각들이…. 아버지가 어떻게 당신에게 거짓말을 했는지 하는 이야기가 다시 나타날 수 있습니다. 그래서 스트레스를 받게 되면, 그 감정은 당신이 지금 빠져 있는 이야기를 조사해 보라고 상기시켜 줍니다.

스탠 아버지가 내게 또 거짓말을 하면 감사해야겠군요. 이 일에 직면할 기회를 주는 거니까요.

케이티 생각 작업을 할 기회를 주죠. 그것이 6번 항목의 역할입니다. 다음 문장은요?

스탠 나는 앞으로 다시는 성추행을 당하고 싶지 않다.

케이티 당신은 그 이야기에 다시 집착할 수 있습니다. "나는 기꺼이…"

스탠 기꺼이 그렇게 하고 싶은지는 잘 모르겠네요.

케이티 그러는 편이 나을 겁니다. 그 생각은 마음속에서 다시 나타날 수 있으니까요.

스탠 음. 나는 기꺼이 아버지에게 성추행을 당하겠다?

케이티 예. "나는 고대한다…"

스탠 그렇게 말할 수 있을지 모르겠어요.

케이티 이해합니다. 그런데 이 생각은 다시 나타납니다. 새벽 2시든 4시든 개의치 않고 다시 나타나죠. 그럴 수 있습니다. 그럴 때면 작업을 하세요, 아니면 그러지 않든지요. 만약 새벽 2시에 이 근친상간의 일이 마음속에 떠오르면, 나라면 자리에 앉아서, 아버지에 관해 판단을 하겠습니다. 그 판단들에 관해 작업을 하고, 그 일이 다시 일어나기를 고대하겠습니다. 밤새도록.

지금이 작업할 때라는 걸 어떻게 알까요? 무엇에 관해 작업해야 할지를 알 필요도 없습니다―생각이 나타납니다. 이야기가 나타날 때, 마음이 완전히 편하지는 않다면, 작업을 하세요, 아니면 그러지 않든지요.

스탠 정말 이걸 끝내고 싶습니다.

케이티 근친상간에 관해 가장 힘들었던 때로 돌아가 보세요. 어떤 방이었나요? 어떤 집이었나요? 마음속에 그 집과 방을 떠올릴 수 있나요?

스탠 물론이죠.

케이티 좋습니다. 어디인가요?

스탠 한 번도 잊은 적이 없습니다.

케이티 예. 그때 몇 살이었나요?

스탠 여덟 살쯤이었어요.

케이티 그 일이 시작되기 전에 그는 어디에 있나요? 당신은 어디에 있나요?

스탠 침대에서 아버지 옆에 누워 있었어요.

케이티 예. 아버지가 그 침대로 왔나요? 아니면 당신이 아버지의 침대로 갔나요?

스탠 토요일에 아버지와 함께 누워 있었어요. 아버지는 전날 밤에 마신 술로 취해 있었는데 술이 깨고 있었죠.

케이티 좋습니다. 그래서 어린 스탠군, 어린 여덟 살 스탠군, 그 방에 가기 전에 그런 일이 일어날 수도 있다는 걸 알고 있었나요?

스탠 아뇨.

케이티 전혀 알 수가 없었나요? 예, 이제 당신은 아버지와 침대에 누워 있습니다. 이제 무슨 일이 일어나나요? 그 일이 어떻게 시작되나요?

스탠 나는 아버지 오른쪽에 누워 있었고 잠이 들었는데, 잠에서 깼을 때, 아버지가…

케이티 (한참 후) 괜찮아요.

스탠 아버지가 나를 만지고 있었어요.

케이티 예. 이제, 그가 당신을 만지고 있었습니다. (스탠이 무겁게 한숨을 내쉰다.) 그리고 당신은 뭘 했나요? 어린 스탠군, 지금 뭘 하고 있나요? 그리고 마음속에서는 무슨 일이 벌어지고 있나요?

스탠 나는 모른 척 했어요. 그리고 침대에서 나왔죠. 잠들어서 몰랐던 것처럼 행동했고, 그냥 침대에서 나왔어요.

케이티 예. 거기서 다른 경험을 더 했나요? 아니면 아버지가 만지기만 했고, 당신은 나중에 나왔나요?

스탠 완전히 혼란스러웠어요.

케이티 예. 이제 이 말이 정확한지 한번 보세요. 당신이 잠에서 깨었을 때 아버지가 당신을 만지고 있었습니다. 그리고 당신은 그 일이 계속되도록 놓아두었고, 나중에 아무 일도 없었다는 듯이 일어나서 나왔습니다.

스탠 예.

케이티 잠에서 깨어 그 일을 경험했을 때, 당신은 침대에서 나오지 않았습니다. 그에게 뭔가를 원했기 때문입니다. 그게 뭐였나요? 당신은 뭔가를 잃을까 봐 두려웠습니다.

스탠 예, 겁이 났어요. 지금 같으면 "지금 뭐하는 짓이에요?"라고 했겠죠.

케이티 아뇨. 나는 지금 여덟 살짜리 소년에게 말하고 있습니다.

스탠 그럴 수 없었어요. 아버지와 멀어질까 봐 두려웠을 거예요.

케이티 좋습니다. 그래서 "아버지는 나를 성추행했다"—뒤바꿔 보세요.

스탠 나는 나를 성추행했다?

케이티 예. 당신은 일어나지 않았습니다. 당신이 잘못했다고 말하는 게 아닙니다. 실수했다는 말도 아닙니다. 당신은 그때 할 수 있는 최선을 다했습니다—그걸 얘기하려는 게 아닙니다. 하지만 당신은 자신을 성추행했습니다. 자리에서 일어나지 않았으니까요. 이건 옳고 그름의 문제가 아닙니다. 당신은 일어나지 않았습니다. 왜냐하면 그에게 뭔가를 원했기 때문입니다. 뭘 원했나요?

스탠 받아들여지기를요.

케이티 받아들여지기를. 그러니 당신은 그에게 받아들여지기 위해 자신을 성추행했습니다.

스탠 예.

케이티 그리고 우리는 "아버지가 날 성추행했어"라고 생각하며 평생을 보냅니다. 또 하나의 뒤바꾸기가 있군요.

스탠 아버지는 나를 성추행했다. 나는 나를 성추행했다… 나는 아버지를 성추행했다?

케이티 예. 당신은 그의 인정을 얻기 위해, 그에게 받아들여지기 위해 당신의 몸을 이용했습니다.

스탠 이런 생각은 한 번도 해 본 적이 없어요.

케이티 음, 스윗하트, 이곳은 우리가 마지막으로 들여다보는 곳입니다. 마지막으로 우리 자신을 봅니다. 이것은 수술입니다. 우리는 내면으로 들어갈 때 모든 걸 알게 됩니다.

스탠 내가 아버지의 사랑과 관심을 얻기 위해 기꺼이 성추행을 당하려 했다고요?

케이티 당신의 얘기를 들어 보면 그렇습니다. 나도 그랬어요. 사랑을 위해서라면 뭐든지 할 수 있었죠—세 살 때. 세 살 때 나는 옆집을 수리하고 있던 남자가 나를 만지도록 놓아두었어요. 내가 스스로 그곳으로 걸어갔고, 그가 나를 아프게 했죠. 세 살 때였어요!

스탠 세상에.

케이티 나는 사랑을 위해서라면 뭐든지 할 수 있었어요. 마흔세 살이 되어서야 그렇다는 걸 알게 되었죠. 그가 나에게 그렇게 했다—예, 좋은 생각입니다. 내가 스스로 그곳으로 걸어갔습니다. 그리고 세 살이었던 나는 혼란스러웠어요. 아니면 네 살 때, 네 살 때였던 것 같군요. 그리고 마흔세 살이 될 때까지 나는 매년, 거의 항상, 누가 나를 인정하고 받아들이고 사랑하게 만들기 위해 필요하다면 뭐든지 할 수 있었습니다.

스탠 예.

케이티 모든 사람에게요. 나는 걸어 다니는 사기꾼이었어요. 그리고 그들에게 사랑이나 인정을 받지 못하면, 그들이 나에게 어떻게 했는지를 얘기하곤 했습니다. 그런 식으로 살았어요.

스탠 예, 맞아요.

케이티 이런 얘기를 하는 건 무척 힘든 일입니다. 왜냐하면 그걸 정말로 들여다보면, '당신'이 당신의 아름다운 '자신'에게 드러나기 때문입니다. 그것은 처음에는 너무나 고통스럽게 느껴집니다. 마치 외과의사가 들어와서 당신을 다 헤집어 놓고는 다시 꿰매는 수술과 같습니다. 당신은 내면으로 들어가서 모든 걸 알아차리고 있습니다. 그냥 일부가 아닙니다. 그래서 며칠 동안은 아프죠. 이렇게 작업을 하고 나면 다리에 힘이 빠지고 몇 시간 동안 녹초가 될지도 모릅니다. 하지만 오, 당신이 다시 돌아올 때, 그것은 순수한 빛입니다.

스탠 예. 예, 이제 더 분명히 보입니다. 놀랍네요.

케이티 그러면 이제 "나는 고대한다…"를 할 수 있는지 한번 봅시다.

스탠 나는 아버지에게 성추행 당하기를 고대한다.

케이티 예, 그래서 당신이 제정신으로 돌아오도록…. 나는 종종 말합니다. 용서란 당신이 일어났다고 생각했던 일이 일어나지 않았다는 것을 보는 거라고…. 우리는 어떤 이름을 붙여야 한다고 생각해서 그걸 용서라고 부릅니다.

스탠 알겠어요.

케이티 이제 시작입니다.

스탠 휴! 강력한 약이네요.

케이티 예—당신이.

스탠 작업이.

케이티 예.

스탠 자신에 관해 말하고, 그렇다는 것을 인정하라.

케이티 거기에 빛이 있으라.

스탠 아멘.

케이티 예. 멋진 작업입니다, 스윗하트.

스탠 고마워요, 케이티.

케이티 별말씀을요. 내 경험으로는, 신은 모든 것입니다. 그것이 직접적인 길입니다. 그걸 아는 사람들에게는 이 작업이 필요하지 않습니다. 모든 것은 신입니다. 바꿔 말하면, 모든 것은 좋습니다. 지금 있는 것이 있습니다.

그러니 당신에게 필요한 모든 것을—정말로 모든 것을—주기 위해, 당신이 집에 오는 데 필요한 것을 정확히 주기 위해 신이 당신의 아버지로 변장합니다. 그러기 위해 뭐가 필요한가요? 바로 지금! 나는 기꺼이 하겠다, 나는 고대한다, 그 모든 것을. 아무 일도 일어난 적이 없습니다. 개념 말고는. 아무것도 조작할 것이 없고, 바꿀 것이 없고, 아무것도 할 일이 없습니다. 개념에 관한 작업 말고는.

우리는 무한합니다. 그리고 스윗하트, 야망이나 직업 같은 것들에 관해서라면 이 작업으로 당신은 하늘의 별도 딸 수 있습니다. 더이상 실패를 할 수 없기 때문입니다. 일어날 수 있는 최악의 일은 하나의 생각입니다! 그리고 더없이 좋은 점은, 생각이 아무런 해도 끼치지 않고 하인처럼 움직인다는 것입니다. 당신이 하는 대로 완벽하게 움직입니다.

스탠 이건 정말 놀랍네요. 이제 막 뉴저지에서 이사했거든요. 전에는 뉴욕에서 살았고 거기서 온갖 치료 프로그램을 이수했어요.

케이티 아, 멋지군요!

스탠 중독 치료를 마쳤죠. 평생 평화를 찾고 있었어요. 쓸모 있는 사람이 되기 위해.

케이티 예.

스탠 그래서 모든 걸 다 접어야 했어요. 내 인생도 접고, 완전히 접어야 했죠. 그리고 생각했죠. "이제 캘리포니아로 가서 사막에서 살 거야." 그리고 그때 작업을 발견했어요. 바스토우에서요. 그곳에 관해 들었거든요.

케이티 아, 세상에. 스윗하트, 나도 그곳에서 작업을 발견했답니다.

(청중과 스탠이 웃는다.)

스탠 오직 은총 덕분이죠… 나 혼자 힘으로 여기에 올 수 있는 건 아닌 것 같아요. 여기에 올 거라고는 상상하지도 못했거든요. 오지 말자고 혼잣말을 하기도 했죠. 심지어 오다가 길도 잃었고 한 시간이나 늦게 도착했어요. 지금 보니까, 나 자신을 직면하는 걸 피하려고 그랬죠. 당신이 여기에 계셔서 정말 다행입니다. 내가 얼마나 고마워하는지 모를 거예요!

케이티 알 수 있을 것도 같군요.

스탠 예, 그럴 수 있겠죠.

케이티 예, 우린 모두 같은 곳에서 지내고 있으니까요. 새로운 개념도 없고, 새로운 생각도 없습니다. 전부 재생되고 있습니다. 생각들은 심지어 우리의 것도 아닙니다. 우리가 스스로 생각하고 있는 게 아닙니다. 그래서 오늘 우리는 생각을 이해로 만납니다.

스탠 고마워요, 케이티.

케이티 고맙습니다.

6

신에게
화가 나요

그 모든 것은 당신 안에 있습니다.

모든 것의 근원과의 연결.

그 근원의 본성은 사랑입니다.

"나는 다음에 무슨 일이 일어날지 알 필요가 있다.

나는 내 삶과 죽음을 통제할 필요가 있다"

—그게 진실인가요?

아무리 두려운 생각이라도 그 생각에 질문을 하면

'모른다'는 기쁨 속으로 사라집니다.

마샤 나는 신(神)이 두렵고 신에게 화가 난다. 왜냐하면 나는 죽어 가고 있고, 죽은 다음에는 무슨 일이 일어날지 모르기 때문이다.

케이티 "나는 죽어가고 있다"—그게 진실인가요?

마샤 그렇게 느껴집니다.

케이티 당신이 죽어가고 있다는 게 진실인지 확실히 알 수 있나요?

마샤 아뇨, 확실히 알지는 못합니다.

케이티 오늘 아침 씨엔엔(CNN)에서 어떤 뉴스를 들었는지 아세요? 그동안 의사들이 실제로는 심근경색증에 걸리지 않은 사람들에게 심근경색 치료를 해 주었다는 거예요. 어떤 사람은 힘들어진 사업 때문에, 어떤 사람은 이혼 때문에, 또 어떤 사람은 결혼을 앞둔 딸 때문에 스트레스를 너무 받는데, 그러면 피가 한꺼번에 심장으로 몰려 심장박동이 멈춰 버린다고 하더군요. 그러면 의사들은 심근경색 치료를 해 주는데, 그 증상이 일반적인 심근경색과 똑같기 때문이랍니다. 하지만 그들의 증상은 장기적인 손상을 주지 않죠. 그런데 의사들은 마치 그들에게 심근경색증이 있는 것처럼 계속 치료를 한다더군요. 이런 경우 그들의 심장이 다시 뛰는 이유는 그들이 졸도하기 때문이라고 합니다. 그 뉴스에서 의사는 "그냥 마음을 편안히 하세요"라고 하더군요. 그렇게 할 수만 있다면 우리가 왜 그렇게 안하겠어요?

나와 함께 일하는 사람들 중에는 3,40년 동안 명상을 한 분들이 있는데, 그분들 말이 명상 상태에서 빠져나와 삶으로 돌아오면 여전히 문젯거리들이 보인다고 합니다. 삶을 다르게 볼 수만 있다면 누구든지 그렇게 보겠죠. 하지만 우리는 우리의 믿음들에 따라 살아갈 수밖에 없습니다. 자신이 뭘 믿고 있는지 알고 싶으면 당신의 삶을 살펴보세요. 당신의 삶은 당신이 믿고 있는 것을 거울처럼 비춰 주니까요.

그래서 "나는 죽을 것이다"—그게 진실인가요? 많은 분이 "물론이죠! 모두가 죽어요!"라고 생각합니다. 그 말이 맞을지도 모르지만, 다시 한 번 보세요. 당신은 자신이 생각하는 모든 것을 믿나요? 자신에게 물어보기 위해 한 번이라도 멈춘 적이 있나요? 그 생각을 정말로 탐구해 보기 위해? "나는 죽어가고 있다"—당신은 그게 사실인지 확실히 알 수 있나요?

마샤 아뇨.

케이티 그 '아니요'는 어디에서 왔나요?

마샤 내면 깊은 곳에서요. 그 어딘가에서 왔어요.

케이티 예. "나는 죽어가고 있다"라는 생각을 믿을 때, 당신은 어떻게 반응하나요? 어떻게 살아가나요?

마샤 너무나 두려워집니다. 너무나 위축돼요. 마치 이미 죽어 버린 사람 같아요. 몸은 죽지 않았는데도요.

케이티 그 생각이 없다면 당신은 누구일까요?

마샤 무척 평온할 거예요. 행복할 테고, 그냥 내 삶을 살아갈 거예요.

케이티 "나는 죽어가고 있다"—뒤바꿔 보세요.

마샤 나는 죽어가고 있지 않다.

케이티 그것이 원래 문장만큼 진실하거나 더 진실할까요?

마샤 예. 사실 나는 알 수가 없어요. 하지만 그 뒤에는 다음에 오는 것에 대한 두려움이 찾아와요. 그게 뭔지 모르니까요.

케이티 그래서 "나는 다음에 무엇이 올지 알 필요가 있다"—그게 진실인가요?

마샤 알고 싶어요.

케이티 "나는 다음에 무엇이 올지 알 '필요'가 있다"—그게 진실인가요?

마샤 아뇨, 그렇지 않아요. 그건 내게 정말로 필요한 건 아니에요.

케이티 "나는 다음에 무엇이 올지 알 필요가 있다"는 생각을 믿을 때, 그런데 그게 뭔지 모를 때 당신은 어떻게 반응하나요?

마샤 완전히 매여 버립니다. 정말로 매여 버린 느낌이에요. 부드럽게 흘러가질 못해요.

케이티 이곳이 바로 많은 사람이 두려워하는 자리입니다. 이곳이 바로 우리가 냉장고로 가는 자리입니다. 이곳이 바로 우리가 담배에 불을 붙이고, 술을 마시고, 자녀들이나 배우자들에게 소리를 지르는 자리입니다. 모르지만 알 필요가 있다고 생각할 때, 우리는 통제할 수 없다고 느낍니다. 그래서 두려움에 사로잡힙니다. "나는 다음에 무엇이 올지 알 필요가 있다"는 생각이 없다면, 당신은 누구일까요? 그 생각이 없다면 일상생활을 하는 동안 당신은 누구일까요?

마샤 명쾌할 거예요. 아주 명쾌할 거예요. 그저 다음에 일어날 일이 일어나겠죠.

케이티 그럼 신나겠군요.

마샤 예.

케이티 당신의 믿음에 질문을 하면, 다음에 무엇이 올지 알 필요가 없습니다. 그것은 언제나 여기에 있으니까요! 다음, 다음, 다음.

마샤 예, 그럴 수 있을 것 같아요. 그런데 그게 사라질 때가 있어요. 그냥 사라져 버리죠. 그러면 그게 사라지기 때문에 신에게 화가 납니다.

케이티 예. 그래서 '다음에 오는 것'이 사라진다—그게 진실인가요?

마샤 아닙니다.

케이티 그건 불가능합니다. 다음에 오는 것은 항상 여기에 있습니다. (마샤와 청중이 웃는다.) "나는 다음에 무엇이 올지 알 필요가 있다"—뒤바꿔 보세요.

마샤 나는 다음에 무엇이 올지 알 필요가 없다.

케이티 예, 없어요! 다음에 오는 것은 다음에 오니까요. 다음 것이 오고, 그다음 것이 오고, 그다음 것이 옵니다. 그리고 알 필요가 없다는 건 무척 신나는 일입니다. 당신이 준비되지 않은 채로 다음에 오는 것은 아무것도 없으니까요.

마샤 (배꼽을 잡고 웃으며) 세상에, 정말 웃기네요! 정말 그래요. 난 여기 올라와서 이렇게 웃을 걸 계획한 적이 없지만, 아 좋네요! (청중이 웃는다.)

케이티 "나는 죽을 것이다"—뒤바꿔 보세요.

마샤 이건 좀 더 어렵네요.

케이티 "나는 죽을 것이다"의 반대가 뭔가요?

마샤 나는 죽지 않을 것이다.

케이티 예. 이제 그게 진실일 수 있는 세 가지 예를 찾아보세요… 단순히 뒤바꾸기만 하는 것으로는 충분하지 않습니다. 그 뒤바꾸기가 진실일 수 있는 세 가지 예, 세 가지 이유를 찾아보세요. 이것은 명상입니다. 먼저 한 가지를 찾아보세요.

마샤 음, 어떤 것도 정말로 죽지는 않아요. 물질적인 형태가 바뀔 뿐이죠. 하지만 그건 어떤 종류의 몸에 집착을 해요.

케이티 하나의 정체성. 그건 하나의 정체성일 뿐이죠.

마샤 예. 생물학적 몸이라는 옷.

케이티 당신의 이야기가 없다면 당신은 누구일까요? 당신에 관한 이야기, 우리에 관한 이야기가 없다면 당신은 누구일까요?

마샤 그러면 매 순간을 그냥 만날 거예요. 그냥 다른 순간들일 테고, 그 뒤 돌아오겠죠. 그냥 이렇겠죠. 다른 에너지 형태들을 만나는 하나의 에너지 형태겠죠.

케이티 그 이야기도 없다면 당신은 누구일까요?

마샤 모릅니다. 몰라요.

케이티 모른다는 건 신나는 일이죠!

마샤 예, 그러네요.

케이티 다음에 무엇이 오냐고요? 당신은 알 필요가 없습니다. 그게 다음에 오는 것이기 때문이죠. 그리고 당신이 죽었을 때, 그건 문제가 아닙니다. 당신이 죽었다는 걸 알 사람이 아무도 없으니까요.

마샤 흐음.

케이티 당신이 죽는다면, 죽었다는 걸 어떻게 알까요? 어디 봅시다. 당신이 죽어서 천국에 가는데 이런 생각들을 가지고 간다면, 당신은 자신이 천국에 있는지조차 모릅니다! (청중이 웃는다.) 천국도, 거기에 당신의 믿음들을 덧씌우면, 지옥입니다. 나는 그걸 지구라고 부릅니다.

마샤 (웃으며) 와!

케이티 다음 문장을 볼까요?

마샤 아, 못 읽겠어요. 음, 이건 좋은 문장이네요. 나는 신이 다음에 일어날 일을 나에게 보여 주기를 원한다. 내가 두려워하지 않도록.

케이티 아니, 아니, 아니에요. 뒤바꿔 보세요. 신은 당신에게 뭔가를 보여 줄 만큼 한가하지 않답니다. 하루 종일 천국에서 노느라 너무 바쁘거든요.

마샤 나는 내가 다음에 일어날 일을… 그런데 이거 말고 다른 뒤바꾸기도 있는 것 같은데요.

케이티 그냥 한 번에 하나씩만 해 보세요.

마샤 나는 내가 다음에 일어날 일을 나에게 보여 주기를 원한다. 그런데 이게 가능할지 모르겠어요. 이건 그냥 다음인 거잖아요. 그걸 보여 줄 순 없죠. 그냥 그렇게 있을 수만 있겠죠.

케이티 당신은 그걸 보는 자입니다.

마샤 흐음.

케이티 다음에 오는 것은 오직 당신이 지각하는 것뿐입니다. 무슨 말인지 이해가 되나요?

마샤 다시 얘기해 주시겠어요?

케이티 다음에 오는 것은 오직 당신이 그것을 보는 대로일 뿐입니다. 다음 일이 일어나는데, 만약 이 강당에 4백 명이 있다면, 4백 가지 다른 일이 일어납니다.

마샤 흐음.

케이티 우리가 그것을 보고, 그것에 관해, 그것의 의미에 관해 생각하는 것은 우리 각자에게 다릅니다. 그래서 4백 가지 다른 일이 일어나는 겁니다.

마샤 아.

케이티 그러니까 당신이 다음에 오는 일을 자신에게 보여 주세요. 다시 읽어 보시고, 당신이 그 말을 들을 수 있는지 보세요. 당신이 다음에 오는 것을 말하는 사람입니다. 당신의 믿음 체계가 그것을 결정합니다.

마샤 그런데 믿음 체계를 갖지 않으면 어떻게 되나요?

케이티 그럼 어디에 문제가 있나요? (청중이 웃는다.)

마샤 아무 문제도 없군요! 아! 그냥 (컴퓨터에서 그러하듯) 프로그램을 다 중지시켜 버리고 완전히 새롭게 시작할 수는 없나요? 몸은 그대로 유지하면서도? 그러면 정말 있는 그대로 있을 수 있잖아요.

케이티 작업은 프로그램을 다 중지시켜 버리는 것과는 다릅니다. 단지 한 번에 하나의 믿음씩 원래대로 되돌릴 뿐입니다. 자신이 어떤 생각을 믿고 있고 그 때문에 스트레스를 받는다는 걸 알아차리면, 당신의 생각에 질문을 하세요.

마샤 예.

케이티 그런데 만약 당신의 생각이 훌륭하고 이 세상이 근사한 곳으로 느껴진다면, 굳이 그런 생각들에 질문을 할 필요는 없습니다. 그냥 행복한 삶을 사세요. 그러니 작업은 프로그램을 다 중지시켜 버리는 것과는 다릅니다. 그저 하나, 하나, 하나의 생각에 관해 질문을 하는 겁니다.

마샤 알겠어요.

케이티 예.

마샤 다음 문장을 읽을까요?

케이티 예. 그게 다음에 오는 것입니다.

마샤 오.

케이티 그러니 다음 문장을 읽어 보세요.

마샤 신은 나와 더 분명하게 소통할 필요가 있다. 내가 죽는 걸 겁내지 않도록.

케이티 왜 죽는 걸 두려워하나요? 무슨 일이 일어날 거라고 생각하나요?

마샤 그냥 아무것도 없을 것 같아요.

케이티 예, 그럼 당신은 아무것도 없는 걸 두려워하나요? 어떻게 아무것도 없는 걸 두려워할 수가 있죠?

마샤 모르겠어요! 어떻게 대답해야 할지 모르겠어요.

케이티 만약 아무것도 없다면, 두려워할 것 역시 아무것도 없겠죠!

마샤 무슨 말인지 알겠어요. 이해돼요.

케이티 나는 지금 '아무것도 없는 게 두렵다'는 당신의 말을 가지고 얘기하는 중입니다. 당신 자신의 말이 들리나요? 그건 당신이 한 말이었습니다. "나는 아무것도 없는 게 두려워." 그러니 아무것도 없다면, 두려워할 것 역시 아무것도 없습니다. 아무것도 없어요! 그건 그저 마음이 하고 있는 게임일 뿐입니다. 마음의 정체성이 없다면 마음은 무엇일까요? 마음은 오로지 정체성으로만 살 수 있습니다. 만약 마음이 자기를 하나의 당신(a you)이라고 믿지 않는다면, 마음은 그냥 이 꽃으로 뛰어들어 말할 수 있습니다. "오! 삶은 여기에서 정말 좋구나. 나는 나의 색깔을 사랑해… 나는 이 사람들과 어울리는 게 좋아." 마음은 적응할 겁니다. 마음은 어떤 것에든 적응합니다.

마샤 마음에 드네요.

케이티 잘 보세요. 마음은 하나의 당신(a you)에게 적응해 왔습니다. 그게 주된 일입니다.

마샤 이해되네요. 고마워요.

케이티 별 말씀을요.

마샤 이해돼요. 예. 그럼, 내가 할 일은 그냥 이 순간에 존재하는 것이로군요.

케이티 "신은 나와 분명하게 소통할 필요가 있다"—뒤바꿔 보세요. "나는 나와…"

마샤 나는 나와 분명하게 소통할 필요가 있다.

케이티 예. 그게 바로 당신이 찾고 있는 것입니다. 그건 당신 안에 있습니다.

마샤 그렇군요.

케이티 다시 뒤바꿔 보세요. "나는 신과…"

마샤 나는 신과 분명하게 소통할 필요가 있다.

케이티 그 모든 것은 당신 안에 있습니다. 모든 것의 근원과의 연결. 그 근원의 본성은 사랑입니다. 그것은 마음이 우리를 믿게끔 이끄는 것이 아닙니다. 그래서 나는 이 네 가지 질문과 뒤바꾸기를 사랑합니다. 그것은 마치 우리가 지옥을 해체시키는 것과 같습니다.

마샤 그런 것 같네요. 이젠 그렇게 겁나지 않네요.

케이티 마지막 문장을 읽어 보세요.

마샤 나는 앞으로 다시는 죽음을 두려워하고 싶지 않다.

케이티 "나는 기꺼이…"

마샤 나는 기꺼이 죽음을 두려워하겠다.

케이티 "나는 고대한다…"

마샤 나는 죽음을 두려워하기를 고대한다.

케이티 이젠 그게 신나죠.

마샤 그래요!

케이티 그렇게 하면 당신 자신의 죽음을 놓치지 않게 될 겁니다. (청중이 웃으며 박수를 친다.)

마샤 정말 감사드려요.

케이티 별 말씀을요, 스윗하트. 작업은 이와 같습니다. 어느 화창한

날, 당신이 사막을 걷고 있습니다. 걷다가 문득 아래를 내려다보는데 거기에 크고 통통한 방울뱀이 있습니다. 당신은 무서워서 뒤로 펄쩍 뛰고, 심장은 마구 고동치고, 맥박이 빨라지고, 당신은 겁에 질려 얼어붙어 버리고, 이마에는 송글송글 땀이 맺힙니다. 그러다가 해가 구름에 가려지자 당신은 다시 바라봅니다. 그것은 전혀 뱀이 아닙니다. 그것은 밧줄입니다.

이제는 내가 당신에게 그 밧줄 위에 천 년 동안 서 있으면서 두려워해 보라고 권유해도, 당신은 두려워할 수가 없습니다. 이것이 자기 깨달음입니다. 당신은 무엇이 진실인지를 스스로 깨달은 겁니다. 그러면 그 밧줄을 두 번 다시 두려워할 수가 없습니다. 그것이 자신의 생각에 질문을 던지는 것의 힘입니다.

그래서 우리가 오늘 저녁 다루고 있는 것은 '뱀처럼 보이는 것'들입니다. 그리고 지난 20년 동안 내가 만난 생각들은 단 하나도 실제 뱀이 아니었습니다. 전부 다 밧줄이었습니다. 내가 마주쳤던, 스트레스를 주는 모든 생각은 하나같이 밧줄이었습니다. 어떤 예외도 없었습니다. 그리고 이제 당신이 스스로 그걸 알아 가게 되어 참 기쁩니다.

맺는말

●

캐롤 윌리엄스

이 책이 한동안 '생각 작업'을 해 본 독자들에게는 새로운 탐구 방법들을 알아차리는 데 도움이 되기를, 생각 작업을 아직 접해 보지 않은 독자들에게는 생각 작업을 시작해 보는 데 도움이 되기를 바란다.

생각 작업을 처음으로 시도해 보고 싶은 독자라면, 우선 바이런 케이티 홈페이지(www.thework.com)에서 양식을 내려받거나, 부록에 첨부한 양식을 복사하기 바란다. 다음에는 지금 자신을 불행하게 만드는 생각을 발견한 뒤, 양식에 자유롭게 써 보면 된다.

사소하지만 짜증나게 하는 문제들로 시작하는 것이 가장 좋을 때가 많다. 청소년들이나 이웃집 사람들은 아주 좋은 생각 작업의 소재들이다. "그 애는 방을 깨끗이 치워야 해." "그들은 좀 더 남들을 배려해야 해." 아니면, 가장 고통스러운 생각, 떠올리기도 싫은 생각으로 바로 들어가서 작업하는 것이 가장 좋을 수도 있다.

이 책의 대화들이 보여 주듯이, 당신을 가장 고통스럽게 하는 생각은 당신이 처음 짐작했던 생각이 아닐 때도 있다. 계속 질문하고 대답하다 보면, 탐구해 볼 만한 다른 생각들이 드러날 것이다. 그 생각들을 알아차린 뒤, 종이에 적어 놓고 나중에 질문해 보라. "그게 진실인가? 나는 그게 진실인지 확실히 알 수 있는가? 그 생각을 믿을 때 나는 어떻게 반응하지? 그 생각이 없다는 나는 누구일까?" 다음에는 그 생각을 뒤바꾸고, 그 뒤바꾸기가 어떻게 당신의 삶에 진실한지 세 가지 예를 찾아보라.

믿을 만한 친구와 함께 생각 작업을 하면서 그 친구로 하여금 당신에게 질문을 하게 하는 것도 좋다. 다음에는 친구와 역할을 바꿔서 당신이 친구에게 질문을 해 보라. 어떤 사람들은 혼자서도 생각 작업을 잘한다. 중요한 것은 생각 작업을 천천히 하는 것이다. 케이티가 이 책에서 종종 반복해서 말하는 것처럼, 생각 작업은 명상이다. 추측을 하거나 이미 안다고 생각하는 대신, 조용히 대답을 기다려 보라.

생각 작업이 좋은 점은, 한동안 생각 작업을 하다 보면 나중에는 생각 작업이 스스로 이루어진다는 것이다. 그러면 진실하지 않은 생각을 믿기가 점점 더 힘들어진다. 이것이 가져다주는 자유와 행복은 삶의 모든 부분에 구석구석 스며들 것이다.

다음에 나오는 '이웃을 판단하는 양식'(양식)은 참가자들이 케이티와 대화를 하기 전에 작성하는 것이다. 이 양식은 집에서 혼자 하든 친구와 하든, 생각 작업을 하기 위해 작성하는 것이기도 하다. 방법은 간단하다.

양식의 빈 란에는, 당신이 아직 백 퍼센트 용서하지 못한 사람(살아 있는 사람, 혹은 죽은 사람)에 관해 쓴다. 짧고 간단한 문장을 이용하라. 자신을 검열하지 말고 솔직하게 써 보라. 그리고 마치 그 상황이 바로 지금 일어나고 있는 것처럼 여기며 화나 고통을 온전히 경험해 보라. 당신의 판단들을 종이에 표현하는 기회로 삼아 보라. 케이티는 그녀의 책 《네 가지 질문》에서 이 과정을 자세하게 설명한다.

'생각 작업'의 첫 단계는 당신을 힘들게 하는 사람이나 상황에 관한 판단을 종이에 쓰는 것입니다. 당신에게 스트레스를 주는 과거, 현재, 미래의 상황에 관해, 그리고 당신을 화나게 하거나 슬프게 하거나 두렵게 하는 사람, 애증의 감정이 엇갈리는 사람, 당신이 싫어하거나 염려하는 사람에 관해 쓰세요. 생각하는 그대로 솔직하게 쓰기 바랍니다.

이 일이 어렵게 느껴져도 이상할 것은 없습니다. 우리는 수천 년 동안 남을 판단하지 말도록 교육받았기 때문입니다. 그러나 이제는 직시합시다. 여전히 우리는 끊임없이 남을 판단합니다. 진실은, 우리의 머릿속에서는 남에 관한 판단이 멈추지 않는다는 것입니다. 우리는 '생각 작업'을 통해서 그런 판단들이 마침내 종이에 있는 그대로 표현될 수 있도록 허용합니다. 그리고 가장 역겨운 생각들까지도 조건 없는 사랑과 만날 수 있다는 것을 알게 됩니다.

처음에는 아직 완전히 용서하지 못한 사람에 관해 쓰기를 권합니다. 그 사람은 부모나 애인일 수 있고, 적일 수도 있습니다. 이곳은 가장 효과적으로 시작할 수 있는 자리입니다. 비록 그 사람을 99퍼센트 용서했다고 해도, 완전히 용서하기 전에는 당신은 자유롭지 않습니다. 아직 용서하지 않은 나머지 1퍼센트는 당신이 맺고 있는 (자기 자신과의 관계를 포함하여) 모든 관계에서도 똑같이 갇혀 있는 바로 그 자리입니다.

'생각 작업'을 처음 접하는 분이라면 처음에는 자기 자신에 관해 쓰지 않기를 간곡히 권합니다. 처음부터 자기를 판단하게 되면, 질문에 대한 대답은 어떤 동기를 갖게 되거나, 아무 소용이 없던 해결책을 내세우게 됩니다. 먼저 다른 사람을 판단하고, 질문하고, 뒤바꾸는 것은 참된 이해를 향해 곧장 가는 길입니다. 충분히 오랜 기간 질문하여 진실의 힘을 신뢰하게 된 뒤에는 자기를 판단해도 좋습니다. 처음 시작할 때 비난하는 손가락으로 바깥을 가리키면, 초점은 자기에게 맞추어져 있지 않습니다. 그러면 편안한 마음으로 가감 없이 자기의 대답을 들을 수 있습니다. 우리는 다른 사람에게 무엇이 필요한지, 그들이 어떻게 살아야 하는지, 그들이 누구와 함께 살아야 하는지를 안다고 굳게 믿는 경우가 많습니다. 우리의 시력은 다른 사람을 볼 때는 좋은 편이지만 자기 자신을 볼 때는 그렇지 않습니다.

'생각 작업'을 하다 보면 당신이 다른 사람을 어떻게 생각하는지 알게 되고, 이를 통해 자신이 어떠한지 알게 됩니다. 그리고 마침내 자기 바깥의 있는 모든 것이 자기 생각의 반영임을 알게 됩니다. 당신은 이야기꾼이자, 모든 이야기를 바깥으로 투사하는 사람이며, 세상은 당신의 생각들이 투사된 이미지입니다.

태초부터 사람들은 행복해지기 위해 세상을 바꾸려고 노력했지만, 이 시도는 한 번도 성공한 적이 없습니다. 문제에 거꾸로 접근하기 때문입니다. 우리가 '생각 작업'을 통해 배우는 것은, 투사된 대상이 아니라 투사하는 영사기(마음)를 바꾸는 방법입니다. 이것은 영사기 렌즈에 보풀이 있는 거친 헝겊을 대고 있는 것과 같습니다. 우리는 스크린에 흠집이 있다고 생각하고서, 흠집이 있는 것으로 보이는 사람을 모조리 바꾸려고 애씁니다. 하지만 투사된 모습들을 바꾸려 애쓰는 것은 부질없는 일입니다. 거친 헝겊이 어디에 있는지를 바르게 깨닫는다면, 영사기의 렌즈를 깨끗이 할 수 있습니다. 그러면 고통이 끝나고 천국에서의 작은 기쁨이 시작됩니다.

"왜 다른 사람을 판단해야 하죠? 모든 게 내 문제라는 걸 이미 알고 있는데요"라고 말하는 사람들이 있습니다. 그러면 나는 이렇게 얘기합니다. "이해합니다. 하지만 이 과정을 신뢰해 주세요. 먼저 다른 사람을 판단하세요. 그리고 간단한 안내를 따르세요." 다음은 우리가 '생각 작업'을 해 보고 싶을 수 있는 대상들의 예입니다 — 어머니, 아버지, 아내, 남편, 자녀, 형제자매, 애인, 이웃, 친구, 적, 룸메이트, 직장 상사, 선생, 종업원, 동료, 팀원, 판매 사원, 고객, 남자, 여자, 정부 기관, 신. 대상이 사사로울수록 더 효과적인 '생각 작업'이 이루어질 수 있습니다.

'생각 작업'에 숙달된 뒤에는 죽음, 돈, 건강, 몸, 중독, 그리고 자기비판 같은 주제에 관한 판단들에 관해서도 살펴볼 수 있습니다. 당신이 준비되기만 하면 마음속에 나타나는 어떤 불편한 생각들에 관해서도 쓰고 질문할 수 있습니다. 스트레스를 느끼는 모든 순간들은 자유를 가리키는 선물이라는 것을 깨달을 때, 삶은 모든 한계를 넘어 더없이 친절하고 풍성해집니다.

| 이웃을 판단하는 양식 |

* 이웃을 판단하세요 · 종이에 적으세요 · 네 가지 질문을 하세요 · 뒤바꾸세요 *

1. 당신을 화나게 하거나 슬프게 하거나 실망시키는 사람은 누구인가요? 왜 그 런가요?

_____

_____

_____

(예: 나는 폴에게 화가 난다. 왜냐하면 그는 내 말에 귀를 기울이지 않기 때문 이다. 그는 나를 존중하지 않기 때문이다.)

2. 당신은 그 사람이 어떻게 바뀌기를 원하나요? 그 사람이 어떻게 하기를 원하 나요?

_____

_____

_____

(예: 나는 폴이 잘못하고 있다는 것을 알기 원한다. 나는 폴이 사과하기를 원 한다.)

3. 그 사람이 해야 하거나 하지 말아야 할 것들(행위, 태도, 생각, 감정 등)은 무엇인가요? 당신은 그 사람에게 어떤 조언을 해 주고 싶나요?

_____

_____

_____

(예: 폴은 자기를 더 잘 보살펴야 한다. 폴은 나와 말다툼을 하지 말아야 한다.)

4. 당신이 행복하기 위해 그 사람이 할 필요가 있는 것은 무엇일까요?

_____

_____

_____

(예: 폴은 내 말을 경청하고 나를 존중할 필요가 있다.)

5. 당신은 그 사람을 어떻게 생각하나요? 목록을 만들어 보세요.

_____

_____

_____

(예: 폴은 정직하지 않다. 폴은 부주의하다. 폴은 유치하다. 폴은 무책임하다.)

6. 당신이 그 사람과 다시는 경험하고 싶지 않은 것은 무엇인가요?

_____

_____

_____

(예: 나는 앞으로 다시는 폴과 말다툼하고 싶지 않다. 나는 앞으로 다시는 폴의 거짓말에 속고 싶지 않다.)

네 가지 질문:

1. 그게 진실인가요?
2. 당신은 그게 진실인지 확실히 알 수 있나요?
3. 그 생각을 믿을 때 당신은 어떻게 반응하나요?
4. 그 생각이 없다면 당신은 누구일까요?

뒤바꿔 보세요.
(각각의 뒤바꾸기가 당신의 삶에 진실한 세 가지 이유를 찾아보세요.)

옮긴이 임수정

더유센터 대표. 생각 작업 상담가(Facilitator of The Work). 2008년 10월, 미국 LA에서 열린 '생각 작업 스쿨'에 처음 참가하였고, 2008년 12월부터는 '공인 생각 작업 상담가 과정'을 이수하고 있다. 2010년 10월에는 스태프로 생각 작업 스쿨에 두 번째로 참가하였다.

2008년부터 현재까지 꾸준히 '생각 작업'을 하면서 내면을 들여다보고 있으며, 이 과정에서 고통이라고 믿었던 수많은 문제들이 자연스럽게 사라지는 놀라운 경험을 하게 되었다. 국내 최초로 공인 작업 상담가 과정을 이수하고 있고, 지금까지 다양한 문제들로 고민하는 국내외 사람들에게 생각 작업 상담을 제공하고 있다.

전 세계 많은 사람이 경험하고 있는 '생각 작업'의 놀라운 효과를 더 많은 이들과 공유하고자, 국내 유일의 생각 작업 치유 전문센터 '더유센터'(www.theucenter.co.kr)를 운영하고 있다.

그 생각이 없다면 당신은 누구일까요? ②

초판 1쇄 발행일 2014년 3월 15일
　　　3쇄 발행일 2024년 7월 5일

지은이 바이런 케이티
옮긴이 임수정

펴낸이 김윤
펴낸곳 침묵의 향기
출판등록 2000년 8월 30일, 제1-2836호
주소 10401 경기도 고양시 일산동구 무궁화로 8-28
　　　삼성메르헨하우스 913호
전화 031) 905-9425
팩스 031) 629-5429
전자우편 chimmukbooks@naver.com
블로그 www.chimmuk.com

ISBN 978-89-89590-41-5 03840

* 책값은 뒤표지에 있습니다.